Sólo de él

Diana Hamilton

Bianca™

HARLEQUIN™

Editado por HARLEQUIN IBÉRICA, S.A.
Núñez de Balboa, 56
28001 Madrid

© 2008 Diana Hamilton. Todos los derechos reservados.
SÓLO DE ÉL, N.º 1872 - 1.10.08
Título original: Virgin: Wedded at the Italian's Convenience
Publicada originalmente por Mills & Boon®, Ltd., Londres.

I.S.B.N.: 978-84-671-6605-7
Depósito legal: B-36875-2008
Editor responsable: Luis Pugni
Preimpresión y fotomecánica: M.T. Color & Diseño, S.L.
C/. Colquide, 6 portal 2 - 3º H. 28230 Las Rozas (Madrid)
Impresión y encuadernación: LITOGRAFÍA ROSÉS, S.A.
C/. Energía, 11. 08850 Gavá (Barcelona)
Fecha impresion para Argentina: 30.3.09
Distribuidor exclusivo para España: LOGISTA
Distribuidor para México: CODIPLYRSA
Distribuidores para Argentina: interior, BERTRAN, S.A.C. Vélez
Sársfield, 1950. Cap. Fed./ Buenos Aires y Gran Buenos Aires,
VACCARO SÁNCHEZ y Cía, S.A.
Distribuidor para Chile: DISTRIBUIDORA ALFA, S.A.

Capítulo 1

CON UN estremecimiento, Lily Frome hundió su cuerpo flacucho en la trenca empapada. Los sábados por la mañana solía haber mucha gente en el pequeño mercado de la ciudad, pero aquel día, el viento cortante de finales de marzo y la fría lluvia sólo habían permitido salir a los más resistentes a las inclemencias del tiempo.

Hasta los que se habían armado de valor para salir a comprar lo imprescindible pasaban presurosamente a su lado con las cabezas agachadas, ignorando la hucha amarilla adornada con una cara sonriente y el logo «Life Begins». Normalmente solían ser generosos, porque la pequeña organización benéfica local era muy conocida y aceptada, pero a los caritativos habitantes de Market Hallow no les hacía gracia la idea de detenerse a charlar o a rebuscar en sus carteras en busca de una moneda de veinte peniques. O, al menos, no con aquel tiempo.

Tirando hacia abajo de su gorro de lana, Lily estaba a punto de rendirse y volver a la casita que compartía con su tía abuela Edith para contarle su fracaso, cuando vio un hombre alto que salía del despacho del abogado local. Estaba a punto de marcharse en dirección opuesta, subiéndose el cuello de su elegante abrigo gris oscuro.

Lily no lo había visto antes, y conocía muy bien a todos los vecinos de la zona, pero parecía tener dinero, al menos a juzgar por la imagen que le ofrecía desde atrás. Esbozó una sonrisa amplia y optimista y corrió tras él, dispuesta a hablarle sobre los objetivos y esfuerzos llevados a cabo por su organización. Tras adelantarle, se detuvo frente a él, evitando por muy poco un indecoroso choque de cabezas, agitando la hucha de lata y dejando las explicaciones para cuando recuperase el aliento.

Pero, al levantar la vista y encontrarse con más de un metro ochenta de impresionante belleza masculina, sintió como si un extraño capricho de la naturaleza desterrase para siempre sus pulmones de su respiración. Era el hombre más guapo que había visto jamás. Tenía el pelo negro, cubierto de gotas de lluvia y ligeramente despeinado, y un par de ojos dorados y penetrantes cuyo efecto ella sólo pudo describir como fascinante.

No era nada normal que se quedara sin habla. Nunca le había pasado antes. La tía abuela Edith siempre decía que si, por desgracia, alguna vez se veía encerrada en la celda de una cárcel, lograría salir de ella a base de conversación.

Pero su sonrisa se fue apagando. Mientras él le hablaba, se quedó paralizada mirando con sus ojos grises y cristalinos aquella boca de labios carnosos y sensuales. Tenía un ligero acento extranjero, y el tono de su voz hizo que una serie de escalofríos se aposentasen en su espina dorsal.

–Pareces joven y bastante preparada –dijo rotundamente–. Sugiero que te busques un trabajo. Esquivándola tras aquel desaire tan aplastante se marchó con las manos en los bolsillos del abrigo. Lily oyó a alguien detrás de ella que decía:

–¡Lo he oído todo! ¿Quieres que le parta la cara?

–¡Meg! –roto el hechizo, recuperó la cordura y se giró hacia su antigua compañera de colegio. Meg, de casi uno ochenta, le sacaba veinticinco centímetros a Lily. Era una «gran chica» en todos los sentidos y nadie se atrevía a meterse con ella, ¡sobre todo cuando la expresión de su cara prometía represalias!

Lily se echó a reír y unos hoyuelos se le dibujaron en las mejillas.

–Olvídalo. Está claro que pensó que era una mendiga –miró arrepentida su vieja trenca, sus pantalones de pana gastada y sus feas zapatillas y se dio cuenta de que era una suposición totalmente comprensible–. ¡Sólo me falta la caja de cartón y un perro atado con una cuerda!

–¡Lo único que te falta –afirmó Meg con mordacidad– es algo de sentido común! ¡Tienes veintitrés años, eres más lista que el hambre y sigues trabajando por casi nada!

«Últimamente, por nada», pensó Lily corrigiendo en silencio aquel comentario sobre su situación económica.

–Merece la pena –dijo sin dudarlo, porque aunque no tuviese el trabajo más glamuroso o mejor remunerado del mundo, las satisfacciones que le producía le compensaban con creces.

–¿Ah, sí? –escéptica, Meg la agarró del brazo con tal fuerza que sólo un luchador podría haberse zafado de ella–. Vamos. Café. Invito yo.

Cinco minutos más tarde, Lily había olvidado por completo a aquel extraño malhumorado y la impresión que le había causado. Se sumergió encantada en la calidez que el Ye Olde Copper Kettle le ofrecía, sentándose en una de aquellas diminutas mesas sobre las que se apelotonaban los tapetes, el menú redactado con una maravillosa caligrafía y un jarrón de tulipanes artificiales muy poco convincentes. Colocó la hucha al filo de la mesa y se quitó el gorro de lana mojada, de-

jando al descubierto un pelo aplastado color caramelo
y completamente lacio. Al ver que la vieja y robusta
camarera se aproximaba con una bandeja cargada de
cosas, se levantó rápidamente para ayudarla a descar-
gar las tazas, el azúcar, la cafetera y la jarrita de leche.

—¿Y su nieto, cómo está? —le preguntó.

—Va mejorando, gracias. Ya le han dado el alta.
¡Dice su padre que, si se atreve siquiera a mirar una
moto, lo despelleja vivo!

—Enséñale a correr por los senderos —dijo Meg
adustamente, ganándose el desdén de la camarera, que
se limitó a ignorarla y a sonreír a Lily empujando la
hucha para apartarla del filo de la mesa.

—¡Hace un día muy malo para postular! Esto ha estado desierto toda la mañana. Pero acudiré a tu mercadillo la semana que viene si consigo algo de tiempo libre.

Lily mudó la expresión de su rostro mientras veía
alejarse a la mujer. El mercadillo bianual, que se cele-
braba con el fin de recaudar fondos para Life Begins,
iba a ser un completo desastre. Transmitió a Meg su
preocupación.

—Esta ciudad es pequeña y sólo muy de vez en
cuando se reciclan los trajes, los libros y los adornos.
Hasta ahora ha habido muy pocas donaciones y la mayoría son cosas que todos han visto y rechazado en
otras ediciones.

—Igual puedo echarte una mano —Meg sirvió el café
en las delicadas tazas de porcelana—. ¿Sabes que aca-
ban de vender Felton Hall?

—¿Y? —Lily bebió un sorbo de aquel excelente café.
El Hall, situado a unos tres kilómetros de la casa de su
tía abuela, llevaba en venta desde que el viejo coronel
Masters falleciese seis meses antes. No había oído
nada de la venta, pero Meg lo sabía porque trabajaba

para una empresa de agentes inmobiliarios de ámbito nacional que tenía sede en la ciudad grande más cercana a la de ellas–. ¿Eso a mí de qué me sirve?

–Todo depende del morro que tengas para presentarte allí antes de que los del servicio de recogida de muebles crucen el umbral –Meg sonrió, echando cuatro cucharadas de azúcar en su taza–. El contenido de la casa se vendía junto con la propiedad. El único hijo del coronel trabaja en la City y seguramente tiene un ático funcional y minimalista como corresponde a un licenciado prometedor, de modo que no tendrá mayor interés por los trastos anticuados de su padre. Y el flamante dueño querrá deshacerse de ellos, así que, si sonríes dulcemente, puede que consigas algunas cositas medio decentes para el mercadillo. ¡Lo peor que puede pasarte es que te den con la puerta en las narices!

Paolo Venini aparcó el Lexus frente al último añadido a su cartera personal de inversiones y miró satisfecho la fachada georgiana de Felton Hall. Situada sobre cuatro hectáreas de terreno boscoso y pintoresco, resultaba ideal para el exclusivísimo hotel que tenía en mente abrir allí.

Todo lo que tenía que hacer para echar a rodar la bola era mantener apartados a los de conservación de patrimonio del condado. La primera reunión estaba programada para el día siguiente por la tarde y tenía que transcurrir tal y como había previsto. Tenía a mano planos exhaustivos de la transformación del interior, dibujados por el mejor arquitecto del país, pero éste no iba a estar allí para encabezar la reunión.

Con la boca apretada, atravesó la imponente puerta principal. Se encontraba tenso a pesar de que, como norma, no permitía que nada alterase su estado de ánimo. Su adorada madre era la única persona en el mundo capaz de echar por tierra su férreo autocontrol y la madrugada anterior le había llamado su médico para decirle que había sufrido un colapso, que se encontraba hospitalizada y le estaban haciendo pruebas, y que le mantendrían informado. Tan pronto como llegara la asistenta personal de su oficina central en Londres él regresaría a Florencia para estar junto a su frágil progenitora que, aunque siempre había estado rodeada de lujos, no había tenido una vida fácil. Había perdido hacía diez años a su marido, padre de sus dos hijos, y hacía uno a su hijo mayor y su nuera Rosa en un trágico accidente de coche, cosa que casi acaba con ella. Antonio tenía treinta y seis años, dos más que Paolo. Había rechazado dedicarse al negocio bancario familiar y habría sido un abogado excepcional con un brillante futuro ante él. Lo peor de todo es que Rosa se encontraba embarazada de ocho semanas y llevaba en su seno el nieto que tanto ansiaba su abuela.

Todas las conversaciones que Paolo había mantenido con su madre una vez superada la tragedia, se habían centrado en la necesidad de que se casara y le proporcionase un heredero. Era su deber darle nietos que heredasen su nombre y las enormes propiedades familiares.

Aunque se esforzaba mucho por complacerla y prestarle toda su atención, cariño y amor filial, no sentía deseo alguno de cumplir con aquella obligación, porque ya había pasado por un compromiso desastroso y vergonzante del que había salido mal parado, y un matrimonio que había durado apenas diez meses: uno de felicidad y nueve de amarga decepción.

Deseaba darle a su madre lo que ella quería, ver sus ojos tristes brillar de felicidad y contemplar la sonrisa que le provocaría saber de su inminente matrimonio, pero todo en él se rebelaba contra la idea de volver a pasar otra vez por aquello.

Frunció el ceño inconscientemente mientras entraba en la enorme cocina buscando los preparativos de una comida improvisada. Penny Fleming ya debía estar allí. La había llamado a Londres y le había ordenado que saliese para Felton Hall inmediatamente, con equipaje para varios días. Él no podía marcharse hasta que ella llegara y recibiese instrucciones precisas sobre la reunión del día siguiente.

Consciente de que iba conformando en su mente una tremenda reprimenda para cuando la señorita Fleming apareciese por la puerta, desechó la idea de la comida y asió un cartón de zumo de naranja de la nevera, caprichosamente abastecida. Después de dejar al abogado aquella mañana debía haberse acercado a una tienda a por algo más apetecible que aquellos tomates con mala pinta y el trozo de queso envuelto en plástico que había comprado en una gasolinera la tarde anterior, cuyo aspecto nada apetitoso era sin duda premonición de cómo sería en realidad.

Bien, Penny Fleming tendría que ir a comprar cosas para ella, ¡si es que se dignaba a aparecer! Cerró la puerta del frigorífico con tal fuerza que, de no ser aquella casa tan sólida, lo hubiese hecho atravesar la pared, y exhaló un largo suspiro.

La tensión que le había provocado el colapso de su madre, su necesidad de estar con ella y su frustración por tener que esperar, lo habían tornado más hiriente que de costumbre con la mendiga que se había cruzado en su camino aquella mañana. Tendría que hacer un esfuerzo para no leerle la cartilla a su asistente cuando finalmente apareciese.

El problema era que los retrasos no apaciguaban su mal humor, ni que sus empleados dejasen de hacer un esfuerzo inmediato y sobrehumano, ¡ni los vagos ni los incompetentes!

Merecía la pena intentarlo. Como había dicho Meg, ¡lo único que podía hacerle el nuevo propietario era cerrarle la puerta en las narices!

Dirigiéndose lentamente hacia el camino en su antiguo Mini, Lily se despidió con un gesto de su tía abuela, que la observaba desde la ventana, y se internó en una maraña de estrechos senderos en dirección a Felton Hall.

Nada más doblar la curva desapareció la sonrisa que llevaba en la cara, porque estaba preocupada por la anciana. Edith había fundado la organización de beneficencia hacía muchos años, organizando recogida de objetos para vender, mercadillos y escribiendo peticiones a los gerifaltes locales para exponerles sus intenciones. Había confiado en sus voluntarios, sobre todo en Alice Dunstan, que le había llevado las cuentas meticulosamente. Pero ahora Alice se había mudado a otra ciudad, lo que significaba que las cuentas eran un embrollo y los fondos cada vez más escasos. El Mini, comprado de segunda mano gracias a una donación, se usaba para el transporte de personas entre muchas otras cosas, por lo que estaba muy destartalado. Había que pagar el seguro, ya que sin él no podía circular, y Lily no sabía de dónde iban a sacar el dinero.

Pero lo que era aún peor es que, por primera vez en ochenta años, Edith había reconocido que le pesaba la edad. Su espíritu infatigable se estaba apagando y hablaba incluso de verse obligada a tirar la toalla.

Lily había tomado una decisión: ¡No si ella podía evitarlo! Le debía todo a su tía abuela, que la había cuidado después de la muerte de su madre. Su padre, alegando que no podía cuidar de una niña de dieciocho meses, se la había dejado a la única pariente viva de su esposa y se había largado sin dejar rastro. Aquella anciana merecía todos sus desvelos, ya que la había adoptado legalmente, le había proporcionado amor, una infancia feliz y segura, y, aunque fuese a la antigua usanza, una buena educación.

Si conseguía material en el Hall, el mercadillo del sábado iba a ser un éxito y salvarían el obstáculo del seguro del coche. Lily se dejó llevar por su optimismo y se dispuso a pisar el acelerador, pero se vio obligada a frenar bruscamente al torcer la esquina, deslizándose por el barro para no embestir por detrás a un flamante Ford que bloqueaba el camino.

Con las manos apretadas sobre el volante, Lily observó que del coche salía una mujer elegantemente vestida de unos treinta y tantos años y se dirigía hacia ella a toda prisa con una expresión mezcla entre expectación y ansiedad.

Pero cuando Lily bajó la ventanilla, fue la ansiedad la que ganó la mano.

–Oh, esperaba... Llevo horas aquí. ¡Mi jefe me estará esperando y detesta que le hagan esperar! Había obras en la autopista, luego me perdí porque me equivoqué de salida en dirección a Market Hallow, ¡y ahora este maldito pinchazo! Para colmo, salí con tanta prisa que me dejé el teléfono móvil y no puedo avisarle de lo que me ha pasado. ¡Me va a matar!

Estaba al borde de la histeria y su jefe, fuera quien fuese, parecía el mismo demonio. Escondiendo una sonrisa, Lily salió como pudo de su viejo coche. Aquella especie de secretaria elegante esperaba por supuesto que pasara un tipo fornido, ¡y debía de haberse hundido al ver aparecer a una mujer tan flacucha!

–No te preocupes –Lily descubrió su sonrisa–. Enseguida estarás en marcha.

–¿Estás segura? –preguntó sin mucha convicción.

–Abre el maletero –le pidió Lily con decisión. Para ahorrar en facturas de taller, se encargaba personalmente del mantenimiento de su coche e incluso tenía nociones de mecánica.

Diez minutos después, la rueda había sido reemplazada y la gabardina medio elegante que llevaba estaba cubierta de barro, por no hablar de sus manos y sus mejores zapatos.

La lluvia copiosa de aquella mañana había sido sustituida por una ligera llovizna, así que no se encontraba calada hasta los huesos como antes. Pero el pelo le caía en mechones como colas de rata y debía de parecer recién salida de una pelea en el barro. ¡Y le había costado tanto arreglarse para ir a conocer al nuevo dueño del Hall!

Todo le mereció la pena cuando vio que recibía una enorme sonrisa de gratitud.

–¡No sé cómo agradecértelo, me has salvado la vida! ¡Sólo puedo desearte que alguien acuda en tu rescate si alguna vez lo necesitas!

Tras un agarrón por los hombros y dos besos en las mejillas, Lily sonrió, contemplando cómo la mujer se alejaba, y luego volvió a su coche para quitarse todo el barro que pudo de los zapatos y las manos con los últimos pañuelos que le quedaban en la caja. No consiguió mejorar el aspecto de su gabardina.

Era de esperar que su desaliño no provocase que el nuevo propietario le diese con la puerta en las narices. Por lo general, la gente se mostraba receptiva con las buenas causas. Con este pensamiento reconfortante, se introdujo en el camino flanqueado de árboles que llevaba a Felton Hall, animándose al ver el coche de aquella mujer aparcado junto a un Lexus de lujo y echándose a temblar a continuación al recordar que, por lo que le había contado, su jefe era una especie de monstruo.

Pero ya no iba a echarse atrás. Agarró el llamador de hierro y tiró de él con decisión.

Rechazando las disculpas de Penny Fleming, Paolo Venini le había pasado el proyecto del arquitecto y otros documentos para que los revisase antes de la reunión del día siguiente. Estaba terminando de darle instrucciones cuando el antiguo timbre de la puerta dejó oír su sonido discordante.

—¡Mira a ver quién es y deshazte de él!

Caminando por el estudio forrado de libros, miró su reloj. El jet privado del banco le estaba esperando. Tardaría una hora llegar al aeropuerto, menos si pisaba el acelerador. ¿Qué era lo que entretenía a aquella mujer? ¿Tanto tiempo llevaba abrir una puerta y decir a quien fuese que se marchara?

Como exitoso hombre de negocios, responder agresivamente a cualquier tipo de demora formaba parte de su carácter. Estaba indignado, ¡y se indignó aún más al ver a Penny Fleming entrar en la habitación seguida de la mendiga!

Exasperado, Paolo respiró hondo, y estaba a punto de decirle a su eficiente asistente que la despediría a menos que se organizase como Dios manda y que no se lo iba a advertir dos veces, cuando ella se adelantó a sus obvias objeciones:

—Le presento a Lily. Trabaja para una organización benéfica. ¿Hay algo que pueda llevarse para un mercadillo?

Madonna diavola! ¡Estaba rodeado de locos! ¡Y la criatura que había tomado por mendiga aquella mañana parecía ya de por sí un caso de beneficencia!

Pero no era un hombre tacaño. De hecho, contribuía generosamente a muchas buenas causas.

Preguntó a aquella mujer escuálida y cubierta de barro a qué se dedicaba la organización.

Lily tragó saliva al verse ante el hombre que la había impresionado aquella mañana. Tenía un magnífico aspecto, ¡pero la miraba con unos ojos de hielo que seguramente reflejaban cómo era en realidad su corazón!

Cuando Penny, que era el nombre con que se había presentado, le había abierto la puerta y escuchado su petición con simpatía evidente, había ganado confianza. Sobre todo cuando le dijo en un susurro que creía que su jefe no quería conservar el contenido de la casa y que estaba en deuda con ella e iba a hacer todo lo posible por ayudarla.

Lily notó que él se impacientaba porque apretaba la boca. ¡Seguramente la paciencia tampoco era lo suyo!

Ella respondió tardíamente, pero con toda la decisión que pudo.

–Mi tía abuela fundó Life Begins hace diez años. Yo le echo una mano –animada por el modo en que Penny le apretó el codo, prosiguió–: ayudamos a la gente de la ciudad en tareas prácticas como hacer la compra, la limpieza, proporcionarles asistencia a domicilio si no tienen seguridad social, llevarlos y traerlos en coche…

–¡Basta! –dijo él, interrumpiendo aquella perorata cada vez más confiada. Ella tenía unos ojos increíbles. Claros, inocentes, sinceros. Y la forma más rápida de volver a tratar asuntos serios era dejar que obtuviese lo que deseaba–. Espera en el vestíbulo. En cuanto quede libre, la señorita Fleming te ayudará a decidir qué es lo que puede servirte.

Despedida de Su Presencia, se retiró sonriendo con sentidas palabras de agradecimiento, pero él ya no la escuchaba: se estaba volviendo para contestar el teléfono que había empezado a sonar. Ella se dijo que no le importaba, que no importaba que se deshiciesen de ella como si fuese insignificante y molesta, y esperó tal y como le habían indicado. Tenía lo que había venido buscando; autorización para marcharse con el tipo de cosas en las que la gente se gasta el dinero que tanto les ha costado ganar, con el fin de colocar a Life Begins en una posición económica más desahogada.

Angustiado, Paolo colgó el teléfono.

–¿Se encuentra bien, señor? –ignorando las palabras de Penny Fleming salió del estudio completamente decidido.

Sólo podía hacer una cosa. Como de costumbre, cuando se le presentaba un problema su cerebro encontraba rápidamente la solución.

La llamada del médico había confirmado sus peores temores, temores que como un puño de hielo le apretaban el corazón. Por lo que había deducido de la jerga médica que acababa de escuchar, su madre iba a morir muy pronto, así que se disponía a hacerla feliz en los últimos momentos de su vida. Era lo menos que podía hacer.

Y aquella desaliñada chica de la beneficencia sería estúpida si rechazase una sustanciosa donación a cambio de echarle una mano.

Capítulo 2

AL VER como la agarraba con fuerza por el hombro y la introducía otra vez en el estudio, Lily se preguntó inquieta si Paolo había cambiado de idea.

¿Había decidido de pronto que ella se traía algo entre manos e intentaba vaciarle la casa y largarse con los beneficios en nombre de una ficticia organización benéfica?

Se sintió incómoda, como una criminal, mientras él despedía cortésmente a su asistente y le ordenaba que se sentase como si estuviese entrenando a un perro desobediente.

Lily se ruborizó. ¿Quién se había creído?

—Escucha, yo...

Pero una mirada cortante de sus ojos la hizo callar y sentarse al filo de la silla que había frente a la enorme mesa de despacho. Satisfecho con su docilidad, se colocó al otro lado de la mesa, pero no se sentó. Se limitó a erguirse ante ella.

La miraba como si fuese una forma de vida recién descubierta. Lily se estremeció.

—¿Eres de fiar?

Sorprendida, Lily se quedó boquiabierta. Entonces tenía razón: ¡él pensaba que era una timadora!

—¿Y bien?

¡De todos los desagradables, malhumorados, desconfiados…! Ofendida, alzó la cabeza y con una mirada de un gris glacial le respondió decorosamente:

–Por supuesto que soy de fiar. Sólo me llevaré lo que Penny me diga que puedo llevarme. Y si quieres comprobar mis credenciales...

Con un drástico movimiento de su delgada mano volvió a silenciarla.

–Llévate lo que quieras. No se trata de eso. Quiero saber si a cambio de una cuantiosa donación para tu organización me permitirías utilizar tu nombre y te abstendrías de decir nada sobre esta transacción... ahora y en el futuro.

Lily abrió los ojos atónita.

–¿Utilizar mi nombre? –mirando su fuerte mandíbula, sus encantadores ojos, la dura ondulación de sus mejillas y la forma en que su boca sensual se cerraba por la irritación, sólo pudo deducir que se había vuelto loco o estaba metido en un lío con muy mala pinta.

¡Fuese lo que fuese, no estaba dispuesta a tomar parte!

–¿Para qué? –preguntó imitando inconscientemente el tono estentóreo que su tía abuela utilizaba cuando se enfadaba.

Él alzó una ceja, sorprendido de que aquella cosita tan escuálida alcanzase semejante volumen de voz. Comenzó a dibujar una encantadora sonrisa y extendió expresivamente ambas manos.

–No tengo tiempo para entrar en detalles. Pero anoche mi madre sufrió un colapso. Las pruebas que le hicieron en el hospital revelaron que tiene un tumor en el cerebro y la operarán pasado mañana. El pronóstico no es muy bueno. De hecho, no podía ser peor –anunció pesadamente. El brillo de sus ojos se ensombreció bajo sus espesas pestañas y se le marcaron unas profundas arrugas a ambos lados de la boca.

Lily se levantó, inclinándose instintivamente hacia él. Su voz se suavizó y sus enormes ojos llenos de compasión buscaron su mirada.

–¡Pobrecillo! ¡Debes de estar muy preocupado! No me extraña que estés de tan mal humor –declaró indulgentemente–. Pero es increíble lo que los cirujanos pueden hacer hoy en día. ¡No pierdas la esperanza! ¡No debes hacerlo!

–Ahórrate los tópicos –le lanzó una mirada impaciente–. Vayamos al grano.

Lily dedujo que no soportaba que lo compadeciesen. No le extrañaba. Seguramente también era incapaz de compadecerse. Y aquello le recordó que todavía no tenía ni idea de a qué se refería cuando le ofreció una donación a cambio de utilizar su nombre. Se dejó caer sobre la silla. ¿Por qué su nombre, por el amor de Dios?

–El mayor deseo de mi madre es que me case y tenga un hijo que herede la fortuna de la familia. Le aflige muchísimo ver que no lo hago y yo lo lamento mucho –afirmó cansinamente–, pero por razones que no te incumben, el matrimonio es un estado que no deseo para mí. Sin embargo, para hacer felices lo que pueden ser sus últimos días de vida, pretendo decirle que me he enamorado y que estoy comprometido con una mujer que he conocido en Inglaterra.

Por un momento, Lily no pudo creer lo que estaba oyendo.

–¿Mentirías a tu propia madre? ¿Podrías ser tan inmoral?

Él la miró con desprecio.

–No es que me guste hacer algo así, pero a ella le agradaría. Y ésa, y sólo ésa, es la cuestión.

El dolor que asomaba a su rostro acabó derritiendo el corazón de Lily.

–Supongo que entiendo por qué piensas que una mentira piadosa es perdonable en estas circunstancias –le dijo titubeante, sin estar segura aún de si estaba totalmente de acuerdo. Pero aquel pobre hombre estaba sufriendo. Quería muchísimo a su madre y la mala noticia le había afectado enormemente. No pensaba con claridad, de ahí su alocado plan.

–¿No has pensado que la operación podría resultar un éxito? –preguntó suavemente, apuntando algo que estaba segura que a él no se le había ocurrido–. En ese caso tendrías que seguir mintiendo, decir que has roto el compromiso. Ella querría saber por qué y se enfadaría aún más –vio como fruncía el ceño, pero siguió hablando–: Creo que estás bajo una fuerte impresión por la noticia y eso te impide pensar con lógica.

Paolo apretó los dientes. Ella estaba consiguiendo enfadarle mucho. Obviamente se trataba de una criatura con la capacidad de concentración de un tábano, que pasaba de enfadarse por un escándalo moral a pronunciar almibarados tópicos en un abrir y cerrar de sus larguísimas pestañas.

Cuando proponía algo, él esperaba que el receptor se sentara en silencio, lo escuchara y sacara una conclusión basada en los hechos que le exponía. Y sobre todo, que sacara *su misma* conclusión.

Encendiéndose, dijo a través de los dientes apretados:

–Si no se opera, morirá. Eso es un hecho. Si se opera, tiene pocas posibilidades de sobrevivir. Eso es un hecho. Tiene setenta años y no es precisamente una mujer fuerte –anunció con gravedad–. He tomado una decisión. Sólo tienes que aceptar mi propuesta.

–Me hace sentir violenta –le confió Lily seriamente–. ¿Si de verdad quieres hacer esto, por qué no te inventas un nombre, un nombre cualquiera?

Resistiéndose a agarrarla y echarla a la calle, le confesó:

–Manejo cifras y hechos, no entelequias. Puedo recordar el nombre de una mujer real, pero en un momento de emoción, podría olvidar un nombre inventado –aquello no era algo que le gustase admitir, ni siquiera a sí mismo. Y no digamos a aquella criatura tan molesta. Echó una sobria mirada a su reloj y preguntó–: ¿Qué dices?

Lily respiró hondo. Estaba claramente decidido a hacerlo. No había conseguido hacerle cambiar de idea. Y le había afectado mucho oír aquello de que le preocupaba olvidar un nombre inventado. Las conversaciones que tuviese con su madre antes de la operación serían sin duda muy emotivas para ambos.

Encogiéndose de hombros se rindió resignadamente.

–Muy bien. Acepto.

–¿Y guardará total discreción?

–Por supuesto –¿cómo podía preguntarle algo así? ¡No era algo que ni remotamente quisiera hacer público!

–¿Y? –enfadado a no poder más por su actitud de superioridad moral hacia lo que después de todo no era sino un detalle con una mujer terriblemente enferma, dijo con voz crispada–: ¿Cómo te llamas? ¿Lily qué más?

–¡Ah! –se sonrojó. ¡Debía de pensar que era idiota!–. Frome. Lily Frome. ¿No deberías escribirlo? –sugirió mientras él la miraba, haciendo que se sintiera ridículamente avergonzada.

–No hace falta. Como te he dicho, nunca olvido un hecho. ¿Cuánto mides?

–¿Por qué?

–Porque Madre me preguntará cómo eres –dijo entre dientes, como si le hablase a una niña con el cerebro de un caracol.

–Un metro cincuenta y siete –susurró Lily, mientras

él sacaba una chequera de los cajones de la mesa y empezaba a rellenarla.

Deslizó el cheque a través de la mesa, levantando la vista mientras enumeraba:

–Ojos grandes y grises, nariz pequeña... –se detuvo ahí, pensando que tenía la boca rosada y tremendamente seductora–. Cabellos color... *caramella* –casi sonrió, pero recuperó rápidamente su innato sentido práctico y su autocontrol–. *Arrivederci*, Lily Frome –se sacó del bolsillo las llaves del coche–. Tengo que tomar el avión. La señorita Fleming anda por aquí. Ella te atenderá.

Y se fue, dejando a Lily ante un cheque de cinco mil libras y sin llegar a creerlo todavía, porque todo lo que le había pasado en aquellos últimos veinte minutos era algo totalmente inverosímil.

Dos semanas más tarde, a las diez en punto pasadas, Lily se despidió de su último pasajero, un antiguo labriego, con un alegre ¡buenas noches!, después de comprobar que entraba sano y salvo en casa, y volvió a meterse en el coche lanzando un suspiro de agotamiento.

Había sido un día muy largo, después de una noche interminable intentando poner las cuentas en orden. Encendió el motor y se internó en la oscuridad de los senderos que llevaban a su casa. Había hecho más o menos lo de siempre: había tenido que organizar las tareas de los dos voluntarios, visitar a la gente que no podía moverse de casa, ayudarles con las tareas que no podían hacer ellos solos, tomar té con ellos y darles conversación y llevar al viejo señor Jenkins a su cita con el médico.

Pero le había merecido la pena. Aunque llevar en

coche a once ancianos a su partida mensual de cartas en el polideportivo de Market Hallow y luego otra vez de vuelta a su casa le suponía perder mucho tiempo, el placer de aquella gente al salir y conversar con sus amigos tomando té y pastas convertía cada minuto en algo especial. Después de todo, uno de los objetivos de la organización era aliviar la soledad y el aislamiento.

Y gracias al generoso cheque de Paolo Venini, más los beneficios del mercadillo, que le habían supuesto una recaudación récord, habían conseguido salir adelante. Al menos, la crisis económica se había acabado por el momento. Pero tendrían que pedir más voluntarios en la revista de la parroquia, porque ella sola con dos voluntarios a media jornada no daba abasto con todo.

Dando carpetazo a aquella deprimente observación, se preguntó cómo estaría la madre de Paolo y si la operación había sido un éxito, e inmediatamente recordó su rostro espectacular e inolvidable. A veces ocupaba sus pensamientos, y ella se excusaba diciendo que era natural, porque sin aquel extraño encuentro la organización seguramente habría dejado de funcionar.

Y no era porque le gustase, como Penny Fleming le había comentado al ver que le bombardeaba con preguntas sobre su jefe con una actitud que rebasaba la mera indiscreción.

—Las mujeres suelen postrarse ante él —le advirtió Penny—. Pero todo es inútil. Es la clase de hombre al que no le duran los amores. Con un compromiso roto a sus espaldas se casó con una actriz francesa, pero se deshizo de ella antes del primer aniversario de bodas. No sé los detalles, pero supongo que se aburrió. Ella murió un par de meses después. De una sobredosis, la pobre. Si te gusta, llevas todas las de perder, créeme.

—¡No me gusta! —aterrada ante aquella revelación,

Lily protestó con aspereza–. Y de todos modos, ¡no volveré a verle jamás!

La verdad de aquel estado de cosas le había hecho sentirse extrañamente apenada, y ese sentimiento había persistido de forma obstinada. Por aquella misma razón, cuando bostezando ampliamente entró en casa y se encontró a Paolo Venini sentado con su tía abuela junto al fuego, sintió que el corazón le explotaba bajo su escaso pecho.

–Señorita Frome –se levantó, ofreciéndole una visión espectacular con su traje gris pálido, su camisa blanca y su corbata gris oscura; la imagen del ejecutivo de un banco mercantil que suele aparecer en Internet. Guapo, imponente, carismático. ¿Y sin corazón?

Con las rodillas flojas y abrumada por el efecto que él siempre parecía ejercer sobre ella, alcanzó a decir:

–¿Qué estás haciendo aquí? –y recibió una reprimenda por parte de su tía abuela.

–Esos modales, Lily. ¡Esos modales! Nuestro benefactor se ha presentado y te estaba esperando –retiró del brazo del sillón su grueso jersey y la chaqueta a juego–. El señor Venini quiere hacernos una proposición que, en mi opinión, constituye una generosa respuesta a todas las dificultades futuras de Life Begins. Escucha lo que tiene que decir, porque traerá cambios consigo –sonrió al alto italiano–. Pero la verdad es que la vida es cambio. ¡Adelante, pues, o te estancarás!

Con aquel típico eslogan de mitin político, la anciana se retiró y dejó a Lily preguntándose qué diría aquella mujer de principios si supiese exactamente las razones que habían llevado a su «benefactor» a realizar una donación tan generosa.

Y su nueva propuesta, fuera la que fuese, conllevaría duras condiciones. ¡Condiciones que su tía nunca conocería! Porque si este duro banquero daba alguna cosa, era porque sin duda quería algo a cambio.

–¿Y bien? –sus ojos brillaron sospechosos, y se puso tensa… hasta que él sonrió. Fue como un relámpago que le provocó un cosquilleo. Su tremendo atractivo sexual, aquel pecaminoso atractivo, la dejó estupefacta y se sintió avergonzada al notar que reaccionaba igual que toda era camarilla de mujeres de la que le había hablado Penny.

–Sentémonos –anunció él con tremenda y fría calma. Resultaba increíblemente exótico comparado con el entorno chapado a la antigua del raído salón y su recargamiento victoriano.

Hundiéndose en el sillón que su tía acababa de dejar, y no porque él se lo pidiese sino porque le flojeaban las piernas, sintió que le costaba respirar, porque su sola presencia parecía absorber todo el aire de la habitación. Cautivándola con su mirada, él tomó asiento en otro sillón que había junto al fuego y se echó hacia atrás, apoyando los codos en los brazos del asiento y cubriéndose la boca con las manos. Sus ojos brillantes le sonreían con tal calidez que ella se quedó sin habla.

–Tu tía abuela tiene toda una reputación –afirmó–. Una gran mujer con una ética de generosidad admirable, ¿no es así? Lleva años trabajando incansablemente en beneficio de los demás y ahora se merece un descanso. ¿No es así, otra vez?

El flujo de sus palabras se detuvo. Obviamente, él estaba esperando una respuesta, un asentimiento. Pero Lily se limitó a apretar los labios. ¡Estaría loca si confiaba en un tigre ronroneante!

Paolo bajó las manos, dejándolas caer entre sus rodillas, y se inclinó hacia delante. Su lenta sonrisa era, cuando menos, peligrosa.

El nivel de tensión de Lily fue en aumento. No parecía en absoluto un hijo desconsolado, lo que acrecentó sus sospechas.

–¿No tienes nada que decir? Por lo que recuerdo, en nuestro encuentro anterior estabas, por decirlo educadamente, tremendamente habladora.

«Charlatana», le había llamado mentalmente. En circunstancias menos tensas, puede que incluso le hubiese parecido divertido oírla hablar tanto. Pero ahora ella estaba tan inmóvil como una piedra, con la cara pálida y unas manchas oscuras bajo los ojos grises y recelosos. Llevaba unos vaqueros gastados y el sempiterno forro polar sobre el cuerpo en tensión. El pelo, recogido en una coleta, le hacía parecer más joven de los veintitrés años que le habían dicho que tenía.

Le dedicó una sonrisa de ánimo, confiando en que, como siempre, había tomado la decisión correcta y que, siendo así, prevalecerían la fuerza de su carácter y su dominante voluntad.

Al recibir otra de esas sonrisas que le erizaban la piel, Lily sintió que se le secaba la boca, pero consiguió decir:

–¿Por qué has venido?

–Por supuesto, por la propuesta que le he hecho a tu tía abuela –dijo con suavidad–. Puede que no lo sepas, pero tanto personalmente como a través de mi empresa, dono enormes sumas de dinero a causas benéficas. Life Begins es una organización que merece la pena, pero está falta de fondos y de personal. Vais de crisis financiera en crisis financiera y tu tía abuela ya no está joven como para hacer gran cosa. Cuentas con dos voluntarios a media jornada y el resto lo haces sola: limpiar, comprar, llevar a los ancianos y enfermos al médico, organizar salidas… ¿sigo?

Lily endureció el gesto. Seguramente Penny le había contado todo aquello. En el poco tiempo que aquella mujer había pasado en Felton Hall se habían hecho muy amigas y ella le había contado todo sobre la organización benéfica.

—Has estado hablando con Penny —dijo cansinamente.

¿Es que iba a ofrecerle otra donación? Se le pusieron los nervios de punta. ¿Y qué le pediría a cambio? ¿O es que el cansancio la estaba volviendo paranoica? Igual era cierto que deseaba ayudarles sin condiciones desagradables como la de hacerle partícipe de una mentira. Acababa de decir al fin y al cabo que hacía donaciones a muchas organizaciones benéficas…

Él admitió:

—Sí, hablé con la señorita Fleming en Londres hace un par de días. Estaba muy impresionada con tu trabajo. Y además, entretanto, he estado alojado en el Hall y he hecho indagaciones por mi cuenta.

Ella empezó a relajarse y a lamentar haberlo juzgado equivocadamente. Especialmente al oírlo decir:

—Necesitáis una financiación adecuada para poder pagar un salario razonable a una persona que recaude fondos, organice el trabajo y que además se encargue de reclutar voluntarios. También necesitáis una pequeña oficina, que yo sufragaría anualmente, donde llevar todo el trabajo administrativo. Si se hace adecuadamente, podríais incluso aumentar vuestra zona de acción. Ésta es la propuesta que le he hecho a tu tía y ella no podía haberse mostrado más agradecida.

—¡Sería la respuesta a sus plegarias! —confesó Lily, perdonándolo por retorcerle metafóricamente el brazo cuando le ofreció su primera donación.

Y también a las suyas propias. Le encantaba el trabajo, pero odiaba la interminable ansiedad que le producía la financiación y administración, el miedo constante a tener que dejar de funcionar y dejar en la cuneta a todos aquellos ancianos.

–Eres muy generoso –dijo Lily fervientemente, con los ojos brillantes por la emoción. Entonces se recordó a sí misma que ella también debía ser generosa y preguntarle por su madre enferma, incluso averiguar cortésmente si le había hablado sobre su falso compromiso o si se lo había pensado mejor.

–Pero por desgracia, la generosidad tiene un precio –dijo Paolo levantándose.

De pronto no se sentía cómodo con la situación, pero la necesidad obliga. Siempre había protegido a su madre, sobre todo desde la muerte de Antonio y al hacerse evidente lo precario de su salud. Y las necesidades de su madre siempre iban por delante de las suyas.

–¿Por qué no me sorprende? –con el corazón hundido, Lily recogió las piernas bajo su cuerpo y se echó atrás en el asiento tanto como pudo, alejándose de su dominante presencia–. Debería haber sabido que siempre te atienes a la máxima de que todo tiene un precio, así que, ¿cuál es en este caso? –murmuró desdeñosamente.

–Dos semanas de tu vida –contestó con suavidad–. Tal y como esperaba, la noticia de mi compromiso hizo muy feliz a mi madre. De hecho, tanto como para devolverla a la vida. Ha hecho enormes progresos desde una operación que, según los médicos, tenía pocas posibilidades de éxito. Creo firmemente que mi compromiso la ha salvado. Y ahora, naturalmente, insiste en conocer a mi prometida.

–Y quieres que yo… –horrorizada por lo que le sugería, Lily posó los pies en el suelo y se puso firme–. ¡De ninguna de las maneras! Escucha, me alegro de veras de que tu madre esté mejor, ¡pero ya te advertí de lo que pasaría si le mentías! –y deseó haberse quedado estrujada en el sofá porque ahora lo tenía más cerca. Demasiado cerca. Era tan guapo que la hacía sentirse aturdida. ¡Qué injusto que semejante espécimen de hombre mediterráneo fuese tan taimado! ¡Y que le causara semejante impresión!

¡Por Dios bendito, era una persona adulta y no una estúpida adolescente que babeaba por un inalcanzable cantante de pop!

Al ver como ella se sonrojaba y el brillo excesivo de sus ojos, Paolo respondió irónicamente:

–Me advertiste de un posible resultado que hoy me llena de alegría. Y no voy a arrepentirme. Ahora… –bajó las manos desde la chaqueta hasta los bolsillos de los pantalones, gesto que Lily siguió fascinada al descubrir la elegante estrechez de sus caderas. Tragó con dificultad mientras él proseguía–: Sabes cuál es mi propuesta sobre el bienestar futuro de Life Begins. A cambio, quiero que pases un par de días en Londres mientras pongo el plan en marcha. Luego me acompañarás a Florencia, actuarás como una mujer recién prometida, satisfarás a mi madre y regresarás aquí.

–¡Pídele a una de esas modelos zanquilargas que lo haga! –le espetó Lily, recordando enfadada la serie de rubias de risa tonta que había visto fotografiadas con él en las páginas de Internet cuando, arrastrada por una curiosidad incontrolable, había buscado información sobre su vida.

Hizo un leve gesto con la boca y sus magníficas pestañas eclipsaron el brillo de sus ojos.

–Qué mala memoria tienes –dijo, y añadió el insulto al agravio–: Es imposible que una rubia de piernas largas se ajuste a una castaña menudita. He descrito a Lily Frome, mi prometida, hasta el último detalle, ¿te acuerdas?

Indignada por aquella descripción tan descarada, Lily luchó por contener el impulso de golpearle. Las palabras le achicharraron la lengua al salir:

–¡No pienso hacerlo! ¡Vete y no vuelvas nunca más! –añadiendo, por si no había quedado lo suficientemente claro–: ¡Y llévate contigo tu proposición, no aceptaré dinero a cambio de mentir a una anciana confiada!

–Como quieras –Paolo inclinó la cabeza un instante, totalmente inexpresivo. Sabía perfectamente cuándo insistir en algo y cuándo retirarse y esperar hasta que, inevitablemente, se acabase por cumplir su voluntad.

Caminó hacia la puerta y se giró:

–Si te hace feliz decepcionar a tu tía abuela y dejar en la estacada a personas que dependen de ti, que así sea –y se marchó.

Ahora, sólo era cuestión de tiempo que aquella esquelética mujer dejara de echar chispas.

Capítulo 3

SÓLO hizo falta una noche agitada para que ella acabase por reconocer a regañadientes que estaba siendo egoísta al anteponer sus principios a la oferta de Paolo Venini. Una realidad incómoda que le había quitado el sueño.

Cuando bajó a desayunar, agotada y soñolienta, su tía abuela no tardó en sacar el tema preguntándole con un alegre gorjeo que Lily no había escuchado en meses:

–¿Y qué te parece la propuesta de financiación del *signor* Venini? Le dije que, personalmente, estaba abrumada por tanta gratitud, pero que la decisión última dependía de ti, dado que últimamente yo no he aportado mucho que digamos.

–¡Tonterías! Sin ti y la necesidad que detectaste, Life Begins no existiría siquiera.

La preocupación de Lily por el deterioro de la salud de su tía abuela la tenía ansiosa e inquieta. Había intentado ocultarle los problemas financieros, pero aquella anciana no tenía un pelo de estúpida.

–Y sin ti ya habría desaparecido –señaló Edith–, y a pesar del duro trabajo que has realizado no habríamos tardado en tener que rendirnos. ¡Estoy vieja pero no senil! –sentándose a la mesa, sirvió el té y desplegó con brío una servilleta de lino–. No vaciles, niña. Cómete la tostada. Espero que te mostrases agradecida al *signor* Venini, porque teniéndolo como benefactor podremos ir de éxito en éxito. Hacía meses que no me sentía tan tranquila. Esta mañana siento como si me hubiesen quitado diez años de encima.

Aquello significaba que había dos ancianas que habían recuperado la esperanza: la *signora* Venini y la tía abuela Edith, y que Life Begins seguiría ayudando a personas incapaces de cuidar de sí mismas. ¡Todo gracias a las habilidades para el chantaje de Paolo Venini!

Conducir hasta el Hall tragándose su orgullo y su conciencia fue la más dura prueba que Lily tuvo que superar. Pero mantenerse aferrada a sus principios suponía defraudar a demasiadas personas.

Paolo abrió la puerta de entrada antes de que ella apagase el motor del coche. Parecía como si la hubiese estado esperando y recibió su cambio de idea sin el más mínimo atisbo de sorpresa, como si a éste también lo hubiese estado esperando, limitándose a realizar un levísimo gesto de asentimiento para hacerle saber que la había escuchado.

–Pasa. Tenemos mucho que hacer –caminando delante de ella a grandes zancadas, se dirigió al estudio. Llevaba unos chinos y un jersey de cachemir azul noche que se ajustaba a la amplitud de sus hombros y la estrechez de su cintura como una segunda piel. Su impresionante aspecto hizo que Lily deseese haberse preocupado más por el suyo propio en lugar de salir sin maquillaje y con aquellos horribles pantalones de pana y el forro polar que solía usar para el trabajo.

Molesta consigo misma por aquel pensamiento tan desagradable y estúpido, se sentó en cuanto él le indicó con un gesto abrupto de su mano que ocupase el asiento frente al escritorio. No merecía su atención. Aunque llevara un vestido de satén y pedrería y una corona en la cabeza, él seguiría sin verla.

¿Y por qué demonios quería que se fijara en ella?

¡Estúpida! A pesar de su increíble físico, estaba podrido por dentro. Era un hombre capaz de mentirle a su propia madre, un chantajista, un mujeriego con un trozo de hielo donde se supone que uno debe tener el corazón. Cualquier mujer que se enamorase de él estaba condenada a un amargo desengaño o algo aún peor, ¡a juzgar por lo que le había ocurrido a su esposa en cuanto había empezado a aburrirle!

Sentado y con la mano cerca del teléfono móvil, le dijo en tono cortado:

—El casero del antiguo dueño vivía en una espaciosa vivienda habilitada en las antiguas caballerizas. Servirá de alojamiento y oficina al gerente y encargado de recaudar fondos que ando buscando. Mañana entrevistaré a dos posibles candidatos.

—¿Arreglaste esto antes de saber que accedía a tu chantaje? —roja de indignación, Lily podría haberle abofeteado por su redomada arrogancia y porque la riqueza e influencia que poseía garantizaban que las cosas sucediesen a su antojo.

Levantando ligeramente una ceja, desestimó aquel arranque de ira y continuó indiferente:

—Tienes que pasarme los datos de tus voluntarios: nombres, direcciones y números de teléfono, y les convenceré para que trabajen a tiempo completo mientras tú estás fuera. Pon tu agenda a mi disposición. Me pasaré a persuadir a tu tía abuela de que necesitas un breve descanso. Un chófer te recogerá a las cinco para llevarte a mi apartamento de Londres y yo me reuniré contigo en dos días: la noche antes de nuestro viaje a Florencia. Te sugiero que vuelvas a tu casa a hacer las maletas.

—No puedo.

Todo estaba ocurriendo a velocidad de vértigo. Lily se sentía arrastrada por caballos salvajes a través de un territorio ignoto, de modo que le supuso un gran alivio poder detener el modo dictatorial con que él manejaba la situación. Lo miró a los ojos, gélidos y brillantes, y ladeó la barbilla con gesto obstinado.

–Tengo que ir casa de Maisie Watkins, porque le han puesto una prótesis en la cadera y yo me encargo de limpiarle un poco la casa y sacar a su perro. Y luego hay más cosas. Tengo trabajo para todo el día. ¡No hace ninguna falta que te espere impaciente en tu apartamento de Londres pudiendo estar aquí haciendo cosas más útiles! –y casi añadió: «¡Para que te enteres!», pero se lo pensó mejor, porque él la miraba como si fuese una mosca molesta a la que había que aplastar de un manotazo.

–Pues es indispensable –contraatacó él, recorriéndola con desagrado apenas velado desde el cabello a las desaliñadas zapatillas–. Madre no es tan ingenua. Nunca se creería que pretendo casarme con una niña de carita restregada que se viste como una vagabunda –condenó severamente, decidido a no dejarse influir por el dolor momentáneo que asomó a los ojos grises de Lily o la forma en que se desplomaron sus hombros, como si intentara esconderse en esa cosa horrible que llevaba sobre los pantalones de peón agrícola–. No pretendo ser desagradable –estas palabras, que parecían salir de ninguna parte, y la dulzura con que fueron dichas le sorprendieron. Respiró hondo, recuperó la compostura y prosiguió hablando con gélida mordacidad–. Sé lo que hago, créeme. Para eso he quedado en que una estilista te llame a mi casa de Londres mañana a las diez. Tiene carta blanca para equiparte con el tipo de ropa que Madre esperaría de la mujer que he escogido para que sea mi esposa. Tienes también cita con un peluquero –recogió el teléfono, despidiéndola–. Tengas lo que tengas que hacer hoy, procura estar lista para marcharte a las cinco. No hace falta que te acompañe –y empezó a marcar un número.

De modo que allí estaba, en la habitación de invitados del espacioso ático londinense de Paolo, pendiente de cualquier ruido que delatase su llegada, con una media melena lacia y brillante, dos maletas espantosamente caras repletas de ropa de diseño espantosamente cara que le habían obligado a aceptar, y aún dolida por el comentario de él sobre su aspecto de niña de semblante restregado que viste como una vagabunda.

¿Qué mujer saldría de punta en blanco y con su mejor ropa a pasear un enorme y revoltoso perro, fregar suelos y limpiar ventanas? ¿O es que las mujeres que entraban en la enrarecida atmósfera de Paolo iban siempre perfectamente arregladas y elegantemente ataviadas, como si la única justificación de su presencia en el planeta fuese la de resultar decorativas? ¡Seguramente!

El corazón le dio un salto al escuchar el sonido de unas pisadas. Ya había llegado.

Era un apartamento grande, con suelos de madera noble y pulida, paredes blancas y desnudas y los muebles mínimos imprescindibles. Todo cuero y acero, nada que transmitiese calidez. Un lugar nada hogareño, tal y como era él.

El pulso se le fue acelerando conforme lo oyó acercarse. Se detuvo frente a su habitación. Un golpe en la puerta.

Resistió el impulso de meterse bajo el edredón de plumas y fingir que dormía, porque no era una cobarde y él no era más que un ser humano.

Lo vio entrar. Tremendamente apuesto, con un traje de negocios gris oscuro. Tenía todo el aspecto de un banquero increíblemente rico, uno de ésos que mueven los hilos del mundo. Tuvo que recordarse que era además un mujeriego despiadado que sólo tenía que chasquear los dedos para congregar en torno a sí las mujeres más hermosas, todas convencidas de que podrían mantener su interés por más tiempo que la anterior y todas desechadas al superar su bajísimo umbral de aburrimiento. Un aburrimiento totalmente inevitable, según Penny Fleming, que lo sabía de buena tinta.

–*Madonna diavola!* ¿Es necesario que te portes como un conejo asustado? –con la espalda rígida, se introdujo a grandes zancadas en la habitación. Si cada vez que lo viese, su supuesta futura esposa iba a comportarse como si el diablo hubiese venido a llevársela, el engaño necesario para conseguir que su madre siguiese recuperándose fracasaría estrepitosamente.

Ella se preguntó si se percataría de su nuevo peinado y lo comentaría. Por supuesto que no. ¡Lo único que había visto es que se parecía a un conejo!

–¡Es que me asustas! –confesó ella en un murmullo, cerrándose más el albornoz que había encontrado en el baño.

–¿Yo? ¿Por qué?

Parecía realmente asombrado, así que ella se lo dijo:

–Eres como una apisonadora aplastando a una hormiga. Si quieres algo, lo consigues. ¡No te importan las objeciones de seres inferiores! Sentirse como una hormiga interpuesta en tu camino no es nada divertido.

Él torció la boca en gesto irónico.

–Entiendo.

No estaba acostumbrado a andar de puntillas con los sentimientos de sus empleados, porque les pagab generosamente para que cumpliesen con sus obligaciones y se acostumbrasen a saltar en cuanto él dijese «salta», así que no encontró razón alguna por la que tratar a Lily Frome de modo distinto.

Ella, o su obra benéfica, iba a recibir dinero para hacer el papel de su prometida durante un breve periodo de tiempo, lo que obviamente la convertía en empleada suya. Pero su reacción ante él le dijo que iba a tener que andar con pies de plomo en lo que ahora veía como una situación delicada. Tenía que implicarla o el plan acabaría fracasando.

—Tendré que tener cuidado de desviarme cada vez que una hormiga se interponga en mi camino.

Sonrió lentamente, y aquello fue pura magia. Lily se estremeció. Odiaba el modo en que él le afectaba, pero no era capaz de hacer nada al respecto, lo que le resultaba muy incómodo.

En general, decidió ella desconsoladamente, era mucho mejor para su tranquilidad que él se limitase a gritarle sus órdenes y despedirla a continuación. Y cuando él preguntó si había comido, todo lo que pudo hacer fue negar con la cabeza sin pronunciar palabra.

—Bien —otra vez aquella sonrisa de rompecorazones—, he pedido que nos traigan comida a domicilio —avanzó, tendiéndole la mano—. Ven.

Apartando la mirada de aquella mano, porque la tentación de deslizar la suya en su esbelta y fuerte calidez era realmente intensa, Lily murmuró:

—No tengo hambre —y su estómago emitió en ese momento un rugido de protesta—. Y no estoy vestida —añadió por si acaso.

Sin perder la paciencia, Paolo respondió suavemente:

—Ven tal y como estás. ¡No se trata de una fiesta! Además, tenemos que hablar. Salimos mañana muy temprano, así que tiene que ser ahora o nunca, porque tendré que trabajar durante el vuelo.

Lily pensó que él consideraría que se estaba comportando de modo ridículo. Y así era. Ignorando su mano, deslizó las piernas fuera de la cama asegurándose de que estaba bien cubierta por el enorme albornoz. Levantándose los bajos para evitar tropezarse, lo siguió saliendo de la habitación e infundiéndose ánimos a sí misma.

Lo suyo era un arreglo comercial, un turbio arreglo comercial, se recordó. Había decidido cumplir su parte a pesar de sus reservas, así que ya era hora de que empezase a comportarse como una adulta. Tendrían cosas de las que hablar, de hecho, ella necesitaba saber si los voluntarios habían accedido a realizar su trabajo mientras estaba fuera. Tenía que evitar sufrir aquellos ataques de estupidez cada vez que lo miraba.

El problema era que él tenía un atractivo sexual nuevo para ella. Aquello, además de su increíble belleza, eran cosas difíciles de ignorar. Pero podía obviarlas. Claro que podía. Hormonas y deseo. Se conocía lo suficiente como para volver a guardar aquellos dos demonios en sus cajas.

Conforme se acercaban a la mesa del comedor, un camarero uniformado emergió de la cocina, que estaba tan limpia que parecía clínicamente esterilizada, seguido de otro que empujaba un carrito. La mesa ya estaba puesta, cubierta de objetos de plata y cristal.

Lily abrió los ojos atónita. ¿Aquélla era la idea que Paolo tenía de una comida preparada?

De pronto sintió tales ganas de echarse a reír que sintió como si fuesen a explotarle los pulmones. Para ella, una comida preparada era un extraño festín consistente en bacalao y patatas fritas en un envoltorio grasiento, o paquetes de cartón con pollo agridulce y arroz frito de un chino.

El menú, compuesto por langostinos con una delicada salsa de limón, filetitos de venado sobre un fondo de setas y un *syllabub* con un aspecto delicioso, era obviamente la idea que un hombre rico tenía de una comida preparada.

Demasiado ocupada en disfrutar de cada bocado y pensando en la forma de vida de su anfitrión, Lily olvidó el falso papel que tendría que interpretar durante las próximas dos semanas durante el tiempo suficiente como para relajarse y preguntar:

—¿Por qué bebemos champán? —ella sólo lo había probado una vez, en la boda de una amiga, y no le había gustado, así que éste debía de ser especial porque ya llevaba dos copas.

—Para celebrar el comienzo de... —estuvo a punto de decir «nuestra breve asociación» pero, acordándose de lo sensible que era ella, lo sustituyó por: «un acuerdo satisfactorio para ambos».

Él se echó hacia atrás en el asiento y ella se dio cuenta de que sus ojos tenían un brillo casi seductor, lo que le provocó una extraña agitación interior que la devolvió de golpe a la realidad.

Devolvió su copa de champán a la mesa.

—No tengo humor para celebraciones. Sobre todo porque nuestro «acuerdo comercial» se basa en una enorme mentira.

—Una mentira piadosa para contentar a una frágil anciana —le recordó él, intentando no ser brusco con ella, como solía hacer cuando sus ideas eran cuestionadas—. Y te alegrará saber que una tal Kate Johnson empezará a trabajar para vosotras a final de este mes. Se encargará de la recaudación de fondos y la agenda diaria. Tiene unas referencias impecables, ya que ha realizado este mismo trabajo para una prestigiosa organización benéfica de Birmingham. Además, ya se ha hecho un importante ingreso en vuestra cuenta –añadió con fría precisión.

Con una inclinación de cabeza, convocó al camarero para ordenarle que sirviera el café en el salón.

Mientras la acompañaba, Lily reconoció que había vuelto a achantarla. Echaba por tierra el más mínimo indicio de crítica, recordándole lo que ganaría Life Begins gracias a su inmensa generosidad.

–¿Puedo sugerir –dijo él, escondiendo su regocijo al ver que ella intentaba sentarse al filo de la resbaladiza superficie del sofá controlando los pliegues del largo albornoz– que durante las próximas dos semanas trabajemos codo con codo y no en direcciones opuestas? En lo que a mi madre respecta, estamos prometidos y esperará que nos comportemos como dos enamorados, cosa que espero que intentes hacer. Pero si no eres capaz, al menos finge que soy tu amigo y no tu enemigo.

El rostro de Lily se tornó rubicundo. «¿Fingir que somos dos enamorados?». Sólo pensarlo hizo que su corazón se acelerase de tal modo que estuvo segura de que acabaría por salírsele del pecho. ¡Ya podía agarrar aquella ridícula proposición y tirarla a la papelera más cercana!

Por suerte, se ahorró la necesidad de darle una respuesta inmediata porque trajeron el café y Paolo tuvo que ordenar al camarero que se retirase.

Mirándolo de soslayo, ella sitió que el estómago empezaba a darle saltos de forma alarmante. ¡Era tan injusto! Sólo había que verlo: era un ejemplar impresionante, sofisticado, increíblemente rico y con un aspecto digno de contemplación. Era atractivo, hablando en plata. ¡Lo habría llevado mucho mejor si hubiese sido un tipo gordo y calvo con el *sex-appeal* de una rana!

De pronto sonaron todas las alarmas ante la perspectiva de tan siquiera fingir ser su pareja: para él iba a ser tan sólo una irónica actuación, pero para ella podía convertirse en un juego muy peligroso.

Antes incluso de que el camarero hubiese cerrado la puerta tras de sí, ella le espetó:

–¡Este chanchullo que te has inventado no va a funcionar! Para empezar, los amigos no se pisotean unos a otros ni se tratan como si sus opiniones no tuviesen valor alguno. ¡Me va a costar mucho fingir que eres amigo mío!

Él había ocupado una silla al otro lado de la mesita. Sirvió con destreza un café oscuro y caliente en dos tazas con armazón de oro y reconoció:

–Entiendo lo que quieres decir. Pero, ahora que todo está hablado y asentado será distinto… te lo prometo.

En todos los aspectos de su vida, tanto laboral como personal, adoptaba decisiones y actuaba en consecuencia sin permitir que nada se interpusiera en su camino. No era normal que utilizase la persuasión para rebatir objeciones, pero había tanto en juego que tenía que apretar los dientes, mantener la serenidad e intentarlo.

Le dedicó una sonrisa amplia y atractiva que la encandiló y le aceleró el pulso.

–Si tienes una opinión, y ésta es válida, no dudes que será escuchada.

¡Qué generoso!

–¿Es necesario que siempre haya una salvedad? –aceptó la taza que él le ofrecía. ¡Irremediablemente iba a considerar inválida cualquiera de sus opiniones!

–*Scusi!* –le lanzó una encantadora sonrisa y se relajó en su asiento. Cuando ella dejaba de considerarle el mismo demonio, podía convertirse en una compañía de lo más entretenida. Pensándolo bien, podía ser divertido moldear aquella oposición femenina a sus deseos tan terca y anodina. La observó concienzudamente con ojos brillantes. Puede que no fuese tan poco interesante como pensaba–. Ese corte de pelo te sienta a la perfección. Estás muy guapa.

Percibió la sorpresa que asomaba a sus ojos grises antes de esconder rápidamente la mirada, sonrojándose. Para su sorpresa, se sintió avergonzado de sí mismo. No la había estado tratando como un ser humano con sentimientos que podían ser heridos, o totalmente aplastados, tal y como ella le había indicado.

Cuando ella volvió a colocar la taza sobre el platillo se dio cuenta de que le temblaban las manos. Unas manos delicadas, delgadas y pequeñas, según observó ahora por primera vez. Y dándose cuenta de que era el momento perfecto para marcharse ahora que había ganado terreno, dijo cortésmente:

–Buenas noches, Lily. Es tarde y mañana tenemos que madrugar. Que duermas bien.

Observó con velada satisfacción cómo se levantaba con dificultad y se marchaba agitando los pliegues de su descontrolado albornoz.

Andándose con cuidado y a base de pequeños halagos, las dos semanas venideras iban a transcurrir sin el menor obstáculo.

Capítulo 4

AL ENTRAR en el jet privado de Venini, y sintiendo la mano de Paolo insistirle con suavidad en la espalda, como si le recordase, por si lo necesitaba, que había llegado demasiado lejos como para echarse atrás, Lily se sintió terriblemente mareada. Se debía en parte a los nervios por lo que tenía por delante: un desagradable engaño; y en parte, y para ser honestos, a que Paolo estaba siendo amable con ella.

Se había acostado con aquel cumplido sobre su peinado retumbándole en los oídos y haciéndole arder la piel, completamente asombrada de que él se hubiese percatado de algún aspecto positivo de su apariencia.

Podía superar aquello, claro que podía, pero al presentarse por la mañana con el carísimo traje de lino crema y las sandalias de tacón que había elegido para el viaje, él la había mirado con tal anonadada aprobación que su determinación se había echado a perder.

Y sobre todo al ver que se le acercaba y le levantaba la barbilla, sacando un pañuelo para retirarle con suavidad el maquillaje de labios que con tanto esmero se había aplicado.

Al sentir el roce de sus dedos, fríos y delgados, y el suave movimiento de la tela sobre sus labios, había dejado de tener pensamiento razonable alguno.

Los ojos de él, ocultos tras las espesas y oscuras pestañas, se habían concentrado en su labor, y su hermosa boca había sonreído ligeramente, haciendo que cada centímetro de su cuerpo en tensión se sintiera impulsado a acercarse más a aquella fuerza dominante y masculina. Casi se desmaya al ver que le pasaba suavemente un dedo por los labios abiertos y le decía en el tono más profundo que ella había escuchado jamás: «Tienes una boca preciosa, de labios suaves y carnosos. Rosada e incitante. Cubrirla de este rojo chillón es un pecado».

«Incitante»: ¿Qué había querido decir con eso? ¿Que quería besarla? Su corazón había empezado a latir con fuerza, agitando su respiración.

Había tragado saliva.

Realizando un débil esfuerzo, que él podría haber detenido con sólo chasquear los dedos, se había obligado a apartarse de aquella tentación.

¡Por supuesto que no había querido besarla! ¡Como si lo viera! Lo que había estado haciendo era algo obvio.

Ella podía establecer con exactitud el momento en que había empezado a tratarla como una mujer de carne y hueso: justo después de que le dijese que no podía comportarse con él como si fuese un amigo porque lo único que hacía era pisotearla. Paolo Venini estaba volviéndose encantador con el único propósito de volverla más dócil, ¡lo tenía totalmente calado!

Aun así, los músculos de su estómago se encogieron cuando él se inclinó para abrocharle el cinturón de seguridad. Pudo ver cada poro de su piel, su mandíbula sombreada, el brillo de sus ojos. Aspiró el aroma mineral de su loción de afeitado y se sintió aturdida.

¡Era tan peligroso!

Pero se recordó severamente que lo sería únicamente si ella se lo permitía, ¡y no iba a permitirlo! Podía ser lo suficientemente fuerte como para ignorar toda aquella carga sexual.

Conforme el avión se deslizaba por la pista se consoló con este pensamiento reconfortante y una vez en el aire se apresuró a desabrocharse el cinturón para evitar que se le acercara a hacerlo él mismo. Cuando él se giró hacia ella en el asiento, se sintió tan orgullosa como si acabara de ganar una medalla olímpica al oírse decir en tono frío y casual:

—¿No dijiste que querías trabajar? Pues adelante. A estas alturas, no pienso molestarte ni ponerte objeción alguna.

—Me alivia oírte decir eso.

Voz cálida e, incluso, una sonrisa. Con los nervios de punta, Lily miró fijamente hacia delante. Mirarlo siempre acababa por causarle problemas.

Ella tenía un perfil delicioso. Largas pestañas sobre unos ojos grises y enormes, nariz ligeramente apuntada, labios carnosos y apretados, ¿sería aquello un signo de aprensión? Por primera vez, se compadeció, porque ella no deseaba la situación a la que él la había arrastrado. Debía facilitarle las cosas.

Reconoció, mirando hacia atrás, que había habido además otras novedades. Como darse cuenta del favorecedor peinado que enmarcaba su traviesa carita. Y aquella mañana se había sorprendido ante su aspecto, cosa que nunca había ocurrido con anterioridad. Sin pantalones de obrero ni jerséis informes, aquella chica delgaducha se había revelado como una deliciosa Venus de bolsillo. El magnífico corte del traje que había escogido para el viaje se ajustaba a su pecho, pequeño pero bien formado, y acentuaba su diminuta cintura marcando la curva femenina de sus caderas.

Un halo de lo que sólo podía llamarse orgullo le recorrió acaloradamente las venas. Era él quien había conseguido aquella impresionante transformación y Madre no tendría problema alguno en creer que aquella mujer era la que él había escogido para convertirse en su esposa.

Con las sesgadas mejillas ligeramente sonrosadas, él trató de meterse la mano en un bolsillo. Ella miraba las nubes por la ventanilla y al notar que él le rozaba el brazo se tensó. Cautelosa. Como un gato que no sabe de dónde le llegará la siguiente patada.

Frunció el ceño. *Madre di Dio!* ¿Tan mal la había tratado a causa de su fuerte carácter? Aquello tenía que cambiar. Su madre era muy estricta moralmente hablando. Era protectora, tradicional y deploraba lo que ella llamaba «la relajación de la generación más joven», pero aun así, ¡seguramente esperaba que una joven pareja recién comprometida se tocara!

–Lily –aquel nombre cayó suavemente de sus labios y logró que ella se girase con los ojos muy abiertos. La tomó de la mano, detectando su nerviosismo–. Ponte esto –al deslizar el anillo en su dedo, Lily se estremeció. Un escalofrío le recorrió de arriba abajo la espalda al oírle decir amablemente que había pasado de generación en generación por todas las novias de los Venini y que su madre esperaría ver que lo llevaba puesto.

El diamante era sencillamente enorme, engastado en oro viejo y rodeado de zafiros. ¡Un atrezo tremendamente caro para una sucia y vil comedia! Todo su interior volvió a rebelarse de nuevo.

Ignorando con firmeza el estremecimiento que había experimentado al ver que el apuesto y atractivo Paolo Venini introducía aquel anillo en su dedo, intentó buscar una objeción propia de él, ya que la verdadera no afectaría en lo más mínimo a aquel hombre que no parecía tener conciencia y que creía tener siempre la razón.

–Es demasiado grande. No puedo llevarlo. Lo perdería, y debe de valer una fortuna –dijo, intentando quitarse el anillo que simbolizaba aquel vergonzoso compromiso.

Él cerró las manos sobre las de ella.

–Haré que lo ajusten –como todo en ella, sus manos eran diminutas y sus dedos largos y delgados. Sorprendentemente, sentir aquellos dedos bajo los de él le hizo sentirse terriblemente protector.

–No puedes hacer eso –señaló Lily despreocupadamente, haciendo lo posible por ignorar cómo su piel ardía sobre la de ella–. Sé que por ahora no quieres casarte, pero algún día querrás hacerlo. Y entonces, tendrás que volver a agrandar el anillo para ajustarlo a un dedo más grande que el mío.

Mirándola mordazmente, curvó en una sonrisa su boca sensual y le dijo en tono socarrón:

–¡Nunca me casaría con una mujer de dedos gordos! Llévalo por el momento. Una vez que mi madre te lo vea, le diré que hay que arreglarlo. Sé lo que hago, créeme.

Él todavía sostenía su mano. Cuando ella intentó liberar la suya la apretó un poco más y el flujo de sensaciones que la recorrieron la hicieron abstraerse de tal modo que tuvo que luchar por concentrarse para poder decirle con seriedad:

–Creo que no… no sabes lo que estás haciendo. De veras. Piénsalo: ¿cuánto puede durar un largo compromiso? ¿Un par de años? ¿Diez? En algún momento tendrás que decirle que se ha roto. Y entonces, ¿cómo se sentirá? ¡Muy decepcionada porque sus anhelos por verte sentar cabeza y darle nietos habrán sido en vano!

Él liberó su mano y Lily sintió que se volvía frío y distante. Su rostro se tornó sombrío y le dijo con voz crispada:

–Estaría rebosante de alegría si creyera que a Madre le quedan dos años de vida –dándose la vuelta, recogió su maletín, ignorándola a ella y a aquella conversación.

Pero Lily, cuya impresionable compasión estaba profundamente implicada en esta historia, no estaba preparada para aceptar su rechazo. El pobre estaba terriblemente preocupado por su madre y, a pesar del éxito de la operación, todavía creía que no viviría mucho tiempo más. Retorciéndose en su asiento para mirarlo de frente, le dijo con suavidad:

–Quieres mucho a tu madre, ¿verdad?

–Por supuesto –y lo decía de corazón.

Así que la dura nuez era blanda en su interior. Dispuesta a explorar el fenómeno, a entenderlo mejor y perdonarle el pecado de coacción, lo presionó:

–¿Y harías cualquier cosa para hacerla feliz?

–De eso es de lo que trata todo esto –soltando el maletín, se giró bruscamente para mirarla de frente con ojos burlones–. ¡No me digas que lo has olvidado! ¡No pensarás que estoy pasando por esta charada por disfrutar del placer de tu compañía!

Enseguida, Paolo se arrepintió de sus palabras. Ella lo miraba como si acabara de abofetearla. Pero lo que le había dicho era totalmente cierto, y si se sentía dolida, mala suerte. No estaba acostumbrado a tratar con delicadeza los sentimientos de empleados que recibían un sueldo generoso para hacer lo que se les pedía, y Lily Frome y su organización benéfica iban a recibir una compensación más que generosa.

Encogiéndose ligeramente de hombros, Paolo volvió a agarrar el maletín y se dispuso a trabajar.

Aparte de explicarle que, durante su recuperación, su madre se alojaba con su enfermera y dama de compañía en la villa familiar situada en unas colinas más allá de Florencia, Paolo permaneció en silencio durante todo el trayecto que realizaron en su elegante y pulcro Ferrari a través de la Toscana.

Él la trataba como si fuera invisible, pero Lily se dijo que aquello no le importaba. Era mucho mejor que la ignorase a que fuese amable con ella, porque cuando la halagaba, le sonreía o le agarraba la mano, y para su vergüenza, ella se volvía sensiblera y olvidaba muy pronto lo manipulador que podía llegar a ser. En el tema de su madre poseía un ligero punto de sensibilidad que lo redimía, pero bajo su impresionante apariencia lo que se escondía en realidad era una persona de mal genio, impaciente, arrogante y falta de escrúpulos. Puede que fuera una persona intelectualmente capacitada para los negocios, pero disfrutaba haciendo caso omiso de los sentimientos de aquellas personas a las que consideraba inferiores suyos.

Con esta reflexión en mente, se dijo que tenía que recordar que Life Begins se beneficiaría enormemente de aquella aportación económica. Su tía abuela dormiría mejor y ella, cuando todo acabase, se dedicaría a trabajar duro e intentar olvidar el papel que había interpretado para salvar la organización.

En cuanto a las dos semanas siguientes, bien, intentaría superarlas lo mejor que pudiese. Quizás, si se presentase como el tipo de mujer que la *signora* Venini no aceptaría en su familia, no se sentiría muy afectada cuando su odioso hijo le dijese que se había roto el compromiso. ¡Y ella se sentiría enormemente aliviada!

Podía fingir ser una auténtica loba fría y severa que se mostraba animada únicamente a la hora de preguntar por la fortuna de Paolo; o una auténtica zafia que hablaba con la boca llena, reía estridentemente por cualquier estupidez, se rascaba y eructaba. Barajando las opciones, Lily sentía que controlaba la situación y que se vengaba de Paolo por obligarla a aquel engaño.

Sonreía sin duda con aquellas elucubraciones, pero su sonrisa desapareció en cuanto él la miró con ojos penetrantes y le dijo que habían llegado, cruzando dos inmensas verjas de seguridad que se abrieron a su paso.

El sendero, amplio y sinuoso, estaba flanqueado por altos cipreses que sombreaban la grava, y las divertidas imágenes mentales que Lily se había estado haciendo desaparecieron dando paso a una profunda inquietud. Aquello era serio, y ella sabía que sería incapaz de interpretar el papel de prometida de aquel hombre tan amedrentador y cambiar al mismo tiempo su forma de ser.

Con el alma en los pies, contempló la inmensa villa encalada. Las enormes ventanas brillaban con el sol de la tarde, y a ambos lados de las escaleras de entrada reposaban unas jardineras gigantes llenas de flores.

La puerta se abrió y por ella salió un criado delgado y con chaqueta blanca que corrió hacia el coche en el momento preciso en que éste se detuvo. Saliendo del vehículo, Paolo se puso a hablar en italiano y Lily se quedó sentada en su asiento como un equipaje olvidado. Las únicas palabras de Paolo que logró descifrar fueron referencias a su madre.

La impresionante villa resultaba intimidante. Era un palacio digno de personas tremendamente ricas. ¿Cómo podría ella, una sucia y pobre trabajadora de la beneficencia, pretender siquiera fingir que encajaba en aquel lugar? Por enésima vez, deseó no haber accedido a meterse en aquel embrollo. Apretó los dientes y siguió adelante lo mejor que supo.

Cuando Paolo se acercó a su lado del coche, abrió la puerta y le tendió la mano para ayudarla a salir, ella sólo deseaba agazaparse en el asiento y negarse a moverse lo más mínimo.

La tierna sonrisa prefabricada de Paolo se tensó al leer en el rostro de ella que ésta se rebelaba. Lily exhaló un suspiro, reacia a aceptar su ayuda. Después de todo, había hecho un trato con aquel diablo divinamente trajeado y nunca faltaba a su palabra, así que de nada servía hacerle enfadar.

–Mario subirá el equipaje a tu habitación –rodeó con el brazo su estrecha cintura–. Te sugiero que vayas a asearte un poco mientras saludo a mi madre. Intenta recordar que se supone que estamos loco el uno por el otro.

Aquella afirmación bastó para que a ella se le revolviese el estómago y le temblasen las rodillas.

Lily se dio cuenta de que lo único que la mantenía en pie era el brazo con que él la rodeaba mientras la conducía a la entrada de la casa. Sus piernas se tambaleaban y un millón de mariposas le bailaban en el estómago. Sólo logró esbozar una sonrisa vacilante cuando él le presentó a una sonriente señora de mediana edad.

–Ágata es mi ama de llaves. Habla inglés a la perfección. Acude a ella si necesitas cualquier cosa –su sonrisa se hizo aún más amplia y la atrajo aún más hacia él con el brazo que tenía alrededor de su cintura. Lily reaccionó con un estremecimiento–. Ella te mostrará tu habitación, *cara*. Enseguida estoy contigo.

Mientras seguía la ancha espalda de Ágata por las escaleras, Lily refunfuñó para sí que él se estaba metiendo de lleno en su papel. Le resultaba muy fácil mentir, y en cuanto a sus dotes de actor… ¡estaba claro que ella no iba a ser más que una pésima segundona!

La adornada escalera se abrió en dos y ambas se dirigieron hacia la izquierda. En el primer descansillo, Ágata abrió una puerta.

–Ésta es su habitación, *signorina*, ¿le gusta?

¿Cómo podía confesarle a aquella mujer que le sonreía con sus ojos oscuros y amables que se sentía intimidada ante una habitación tan enorme y opulenta?

–Es preciosa, Ágata, gracias.

Su equipaje ya se encontraba al pie de la inmensa cama con dosel. Ella supuso que lo habían subido por alguna discreta escalera de servicio y sólo pudo abrir los ojos atónita cuando el ama de llaves anunció holgadamente:

–Enseguida le servirán el té. Donatella deshará su equipaje y, si necesita alguna otra cosa, no dude en llamarme –se marchó antes de que Lily pudiese recuperarse para decirle que no quería ocasionar ninguna molestia.

Pensó intranquila que aquélla era la forma de vida de su media naranja mientras avanzaba con cautela sobre la gruesa alfombra, acercándose a la fila de ventanas que recorrían la pared marfil. Una vida que lo mantenía rodeado de lujo, buen gusto y el boato propio de una inmensa riqueza, con criados encargados de satisfacer cualquiera de sus caprichos y sin tener que mover un dedo.

La vista sobre los cuidados jardines y el campo de la Toscana era realmente magnífica. Se encontraba perdida en su contemplación cuando llamaron a la puerta y una hermosa joven italiana que llevaba una bandeja se introdujo en la habitación.

–*Signorina…* –la joven colocó la bandeja en la mesa baja que había junto a un sillón tapizado de seda. Miró a una intranquila Lily con ojos curiosos, sin duda para comprobar el aspecto que tenía su futura ama.

–Gracias –dijo Lily, aunque un té era lo último que le apetecía, porque su estómago iba sin duda a rechazar cualquier cosa que intentase introducir en él. Aun así, se sentó obedientemente en el sillón y se sirvió con mano temblorosa. Alguien se había molestado en prepararlo y aquella pobre chica había subido todas esas escaleras para llevárselo, así que tenía que hacer un esfuerzo.

Sin embargo, al ver que la doncella abría sus maletas, Lily volvió a levantarse para protestar:

–Mira, no hace falta, de verdad. Puedo hacerlo yo misma. No es molestia.

Pero la doncella no sabía inglés. La miró ansiosa y Lily se sintió estúpida y pedante. A la joven le parecería totalmente normal deshacer el equipaje de los invitados, porque formaba parte de su trabajo, y que una loca extranjera le farfullara en un lenguaje que no entendía le haría sentir que estaba haciendo algo mal. Lily iba a tener que recordar que había entrado en un mundo totalmente distinto al suyo.

–Lo siento –Lily se retiró totalmente ruborizada. Desesperada por escapar y dejar de meter la pata, se dirigió a una puerta que descubrió entre el enorme armario y un antiguo tocador.

Se encontró con un baño elegantemente proporcionado, con una enorme bañera de mármol, una ducha y mullidas toallas en cantidad suficiente como para abastecer a todo un equipo de rugby. Se quitó los zapatos, pensando que la ducha sería el lugar perfecto para ocultarse. Al menos hasta quitarse de la cabeza la incómoda sensación de encontrarse fuera de lugar.

Colocando cuidadosamente el anillo sobre el marco de mármol del lavabo, se desnudó y se introdujo en la ducha. Se quedó allí, bajo el agua caliente, preguntándose cuánto tardaría Donatella en acabar de deshacer sus maletas y marcharse, proporcionándole la soledad que necesitaba para prepararse para un pavoroso primer encuentro con la pobre mujer a la que estaba a punto de engañar cruelmente. Se preguntó nerviosa cómo sobrellevaría ver que Paolo cumplía a la perfección su papel, tal y como había prometido, y la trataba como si fuera el amor de su vida. Seguramente, aquello la destrozaría. Nunca había engañado a nadie y no sabía cómo iba a hacerlo ahora.

–*Porca miseria!* ¡Nadie se pasa una hora en la ducha! ¿Pretendes hervirte acaso?

Lily pasó del susto a la vergüenza al vislumbrar entre el vapor a un italiano a todas luces exasperado. Había abierto de golpe la mampara de cristal para cerrar el grifo y tenía la chaqueta empapada.

–¡Vístete! Mi madre está deseando saludarte –agarró una toalla grande y se la tendió con brusquedad, sonrojándose ligeramente y apretando los labios con fuerza.

Al asir la toalla, Lily fue consciente de pronto de su desnudez y de la perplejidad con que él había reaccionado tras recorrerla de arriba abajo con la mirada. Envolviéndose en la toalla como un paquete, vio como Paolo se quitaba la chaqueta y salía de allí pisando su ropa y llevándose el anillo de vuelta a la habitación.

Acalorada por la larga ducha y lo embarazoso de la situación, Lily descolgó otra toalla para secarse el pelo. Se había asustado ante aquella irrupción totalmente inesperada y se había quedado inmóvil, desnuda como Dios la trajo al mundo y paralizada como un conejo. ¿Pensaría él que se había estado exhibiendo? Se sentía totalmente humillada.

¡No le extrañaba que se hubiese quedado tan perplejo! Lo que a él le gustaba eran las rubias altas de piernas largas y exquisitos modales. No tenía interés alguno en una ayudante contratada y del montón. En compañía de su madre puede que esperase verla comportarse como una novia enamorada, pero en privado no tenía interés alguno en ella como mujer.

Volvió a sonrojarse al escucharlo decir:

–¡Ponte esto, y rápido!

Asomándose entre los pliegues de la toalla, Lily lo vio entrar de nuevo a colocar un vestido violeta en la silla que había junto a la puerta y regresar a la habitación. También había traído braguitas de encaje y sujetador a juego; una selección de la ropa que le habían comprado en Londres para complementar el papel que le habían asignado: el de una desahogada futura esposa, exactamente lo que su madre esperaba encontrarse.

Con el estómago revuelto, se puso todo lo que él había decidido escoger en su lugar. La caricia de la suave seda del vestido le provocó un escalofrío.

Todo le resultaba tan poco apropiado... No se sentía cómoda en absoluto, sino disfrazada. De hecho, la cantidad de dinero que habían gastado en su ropa para una quincena podría haber servido para alimentar a una familia de cuatro miembros durante todo un año. ¡Menudo despilfarro!

Rebelándose, entró indignada en la habitación donde él la esperaba con evidente impaciencia y anunció:

—De aquí en adelante seré yo quien escoja mi indumentaria. Que hayas pagado todas estas cosas y me hayas dado dinero por mentir para ti no significa que yo te pertenezca.

Él la miró exasperado. Le había tocado en suerte una mujer enervante y peleona con un cuerpo envidiable. Y desperdiciado. Si llega a dejarla escoger su vestimenta, habría escondido sin duda aquellas deliciosas curvas bajo ropas holgadas. Debería estar agradecida por poder contar con aquellos maravillosos vestidos que realzaban sus encantos en lugar de gritarle su desacuerdo.

Al acordarse de su desnudez, cosa que había intentado borrar de su mente, sintió que la piel le ardía, y le dijo en voz baja y áspera:

—Ven aquí.

Agarró un cepillo de plata del tocador y, al ver que

ella se negaba a moverse, se acercó a grandes zancadas y empezó a cepillarle el pelo húmedo sujetándole la barbilla para evitar que se zafara.

–Puedes escoger tu ropa de ahora en adelante –se percató de su mandíbula delicada, su piel suave y su pelo castaño y sedoso–. Hoy te he metido prisa… –se interrumpió, consciente de que estaba haciendo algo que no había hecho nunca antes: intentar aplacar a una empleada insurrecta. A pesar de ello, su voz era suave como la seda. Aclarándose la garganta, continuó–: Mi madre tiene muchas ganas de conocer a su futura nuera. No puedo soportar hacerla esperar y sé que las mujeres tardáis muchísimo en arreglaros.

Al escuchar «futura nuera», Lily salió del trance en el que había caído en el momento en que la había tocado y empezado a cepillarle el pelo, sintiendo la proximidad de su espléndido cuerpo. Alejándose de él e irguiéndose en toda su insignificante estatura, horrorizada por la debilidad que demostraba en su presencia, le recordó:

–¡No tengo nada que ver con esas amigas tuyas obsesionadas por su aspecto, así que no me trates como si fuera una de ellas!

–Deja de discutir –dominando su impaciencia, Paolo deslizó el fabuloso anillo en su dedo. Había un brillo batallador en sus grandes ojos grises. No podía presentársela a su madre en aquel estado o perdería la batalla antes de empezar. ¡Siempre acababa escogiendo mujeres incapaces de ocultar sus sentimientos!

Necesitaba una gatita ronroneante, no los bufidos de un gato, así que sólo podía hacer una cosa: posando las manos sobre sus estrechos hombros, inclinó la cabeza y la besó.

Capítulo 5

EN CUANTO su hermosa boca tomó la de ella, Lily se sintió invadida por un fortísimo sentimiento que la recorrió con la fuerza de un huracán. Nunca había experimentado ni de lejos algo que le hiciera perder la cabeza de ese modo.

Totalmente incapaz de pensar racionalmente, sintió que su instinto la dominaba y separó los labios para proporcionarle acceso a la suavidad de su boca. Todo su cuerpo se estremeció mientras él deslizaba los brazos desde sus hombros a su diminuta cintura para fundirla con su cuerpo grande y poderoso.

Ya la habían besado con anterioridad, pero nunca así, como fuego y miel, provocando en cada célula de su cuerpo una respuesta descontrolada a aquella lengua que exploraba su boca con enorme sensualidad. Inconscientemente, Lily le acarició el cuerpo bajo la fina tela de la camisa, y se aferró a sus hombros con furia al sentir una erección dura y caliente contra su vientre tembloroso.

Reducida a un cúmulo de sensaciones, levantó las caderas para apretarse contra él, movida por una urgencia febril e instintiva. Lo escuchó gemir, recorrido por un largo estremecimiento, y cuando le posó las manos en las nalgas para acercarla aún más, la sangre empezó a arderle en las venas y un feroz deseo comenzó a latir insistentemente en el interior de su cuerpo.

Lily jamás había conocido sensaciones como aqué-llas. Extasiada, deslizó las manos por su imponente torso, dirigiéndolas torpemente hacia los botones de su camisa, porque sentía la necesidad de estar aún más cerca de él. Él sentía lo mismo y ella lo supo porque movió las manos con impaciencia sobre su vestido y, tomándolo del borde, empezó a deslizarlo hacia arriba. La parte de su mente todavía capaz de un mínimo pen-samiento racional se percató de que a él le consumía la misma pasión que se había apoderado de ella. ¡Y era maravilloso!

Hasta que Paolo levantó la cabeza con un gemido, apartándola de él.

Luchando por recuperar el resuello y paralizada por la impresión, Lily quedó atrapada en la profundidad insondable de sus ojos. Pensó que podría hundirse en ellos. Se sentía aturdida, con el cuerpo hormigueante y sensible, recuperándose aún de aquel conmovedor arrebato de pura pasión.

—Deberíamos irnos ya —le recordó Paolo en un mur-mullo. Su mano vacilante tomó la de ella y contempló su cuerpo atrayente y receptivo, sus ojos brillantes y sus mejillas arreboladas.

No sabía con certeza qué era lo que había pasado. Sentía que le ardía todo el cuerpo y dejó escapar un: «Ha sido increíble» que lo dejó de una pieza, porque no había querido hacerle conscientemente aquella con-fidencia. No sabía de dónde había salido, sencilla-mente la había pronunciado, como si hubiese entre ellos un vínculo, una pasión íntima y profunda.

Inspiró profundamente. Antes de aquel momento nunca había descuidado sus comentarios y siempre ha-bía despreciado a las personas que hablaban sin pensar en las consecuencias de sus palabras.

Por suerte, tuvo el buen tino de cerrar la boca y no

decir que, si su madre no les hubiese estado esperando ansiosa, aquel beso les habría llevado más lejos: a algo totalmente distinto, y en la cama. Y decir algo así habría sido nefasto. Él vivía ateniéndose a sus propias reglas, y una de ellas dictaba que las empleadas, por muy atractivas que fuesen, estaban terminantemente prohibidas.

Trató de consolarse pensando que al menos había alcanzado su primer objetivo: Lily Frome era en aquel momento la viva imagen de una azorada futura esposa; suave, rosada y dispuesta a derretirse en sus brazos a la primera oportunidad. Pero reconoció intranquilo que aquello no le satisfacía tanto como pensaba.

Por suerte, durante el paseo hasta el pequeño salón de la planta baja le dio tiempo a recuperar las riendas de su libido. Pensó que lo que había ocurrido había sido un arranque de lujuria. Llevaba bastante tiempo sin estar con una mujer, y ver a Lily Frome en toda su delicada y prometedora desnudez había encendido su deseo como una llama enciende la gasolina.

Dadas las circunstancias, su decisión de besarla sin más pretensión había sido lógica en un primer momento. Que aquello resultara en una pérdida de control por su parte, y puede que por la de ella también, había sido lamentable. Pero totalmente comprensible dado que llevaba meses de abstinencia.

Gracias a Dios, su voz volvió a sonar con normalidad cuando se detuvo ante una puerta de madera labrada y le advirtió:

—Sé tú misma y quedará encantada contigo.

Lily bajó a tierra de golpe y su cabeza embotada se aclaró a la velocidad de la luz. ¿Estaba siendo sarcástico? Por supuesto, ¿qué si no? Ser ella misma quería decir ser una chica corriente, trabajadora y simplona. En resumen, el tipo de mujer al que no prestaría mayor atención. Y él lo sabía.

Y aun así... el recuerdo de aquel beso ardió en su cerebro. Al revivir la avidez con que había reaccionado se sonrojó por complejo y supo que estaba a punto de hundirse en la más sofocante de las vergüenzas. Pero se defendió diciéndose que no era la única que había tenido esa reacción.

Él la había besado con intención. Apasionadamente. Dada su ocupada vida, no había tenido tiempo para pretendientes, pero no era estúpida. Sabía cuando un hombre estaba excitado. Y él lo estaba. Así que aquello tenía que significar que había esperado recibir algo más que simples besos.

Se sintió acalorada y respiró con dificultad. Fue terriblemente consciente de que él la miraba con ojos brillantes y escrutadores y encorvó los hombros, esperando que aquella postura escondiese la vergonzosa erección de sus pezones hormigueando bajo la blusa.

–Levanta la cabeza –le dijo mordazmente, irritado porque parecía una mujer a punto de enfrentarse a un pelotón de fusilamiento más que la encendida novia de hacía un instante. Entonces, recordando que tenía que tratarla con delicadeza, le dijo con suavidad–: ¡Nadie te va a comer, *cara*! Deja que sea yo el que hable. Y recuerda que estaré a tu lado, sosteniendo tu mano.

¿Decía aquello para tranquilizarla? Lily decidió sardónicamente que no iba a surtir efecto, porque su proximidad la intranquilizaba. Era vulnerable, demasiado consciente de su atractivo sexual. Y, después de lo que había pasado, se percató de lo fácilmente que él podía echar por tierra su endeble resistencia. El pánico se apoderó de ella.

No era tonta, sabía que ni siquiera le gustaba. Más bien lo irritaba. En condiciones normales, él no se habría acercado a ella ni de lejos porque estaba por debajo de sus altivas preferencias. Pero al verla desnuda había decidido que la había comprado y pagado, así que ¿por qué no disfrutar de un poco de acción durante un par de semanas? El problema era que, visto lo que había ocurrido en su habitación, ella no iba a ser capaz de desanimarle en ningún momento. No pudo evitar estremecerse, odiando lo que acababa de descubrir sobre sí misma.

Abriendo la puerta, Paolo soltó su mano y deslizó un brazo por su cintura, atrayéndola hacia él cuando atravesaban juntos el umbral de una elegante habitación de paredes y cortinas blancas, tapicería crema y jarrones de cristal cargados de flores fragantes en cada una de las superficies disponibles.

Al ver a aquella señora de pelo cano sentada en una mesa junto a la ventana, Lily sintió que el corazón se le retorcía en el pecho. Inspiró profundamente y deseó esfumarse en el aire. La situación se hacía más y más temible a cada instante y ella se sentía aterrorizada con el papel que le había tocado interpretar.

La sonrisa radiante con que le recibió la *signora* Venini le hizo sentirse aún peor, pero, como si lo detectara, Paolo apretó su cintura para animarla y avanzó, inclinándose para abrazar a su madre y besar la pálida piel de su mejilla.

–*Mamma*, siento haberte hecho esperar. Ha sido culpa mía. Estando con Lily olvido lo rápido que pasa el tiempo.

Había obviado el formal «Madre», y Lily se asombró del cambio que se había producido en él. Su voz era tierna, su sonrisa amable y su respeto evidente. No se parecía en nada al hombre que ella conocía: un hombre impaciente, crítico y normalmente frío que no cedía ante nadie.

Era obvio que adoraba a su madre y que se preocupaba mucho por ella. Contra todos sus principios, Lily entendió a regañadientes sus pretensiones. Y las comprendió. O casi.

Seguía pensando que mentir no estaba bien, pero Paolo estaba convencido de que lo mejor para tranquilizar a su delicada madre era fingir que ya había resuelto su futuro con la mujer de su elección.

Cuando la anciana le tendió su mano pálida y delgada, Lily sintió el corazón golpeándole las costillas. Su sonrisa era cálida, pero su voz sonó débil cuando dijo:

–Lily, es maravilloso conocerte al fin. Ven, siéntate a mi lado. Paolo me ha hablado mucho de ti.

Paolo sonrió animándola, pero Lily descubrió la tensión que él escondía y, a pesar de lo desagradable que encontraba engañar a una mujer tan frágil, aquello le proporcionó la fuerza necesaria para avanzar, sentarse en una de las sillas vacantes alrededor de la mesa, sonreír y hacer su papel.

–Yo también me alegro mucho de conocerte –le dijo saludándola, porque Paolo, que se encontraba detrás de ella y posaba las manos sobre sus hombros, se veía terriblemente preocupado por su madre, y al verla de cerca Lily entendió por qué.

Parecía que la más mínima brisa pudiese desintegrar el frágil cuerpo de la *signora* Venini. Más que la cicatriz que le recorría la línea del pelo, que sanaría y acabaría por desaparecer, eran las arrugas de cansancio y fatiga que marcaban su otrora bello rostro las que revelaban la historia de una mujer que llevaba mucho tiempo cansada de vivir.

El sensible corazón de Lily se encogió mientras cubría el opulento anillo familiar con los dedos de la otra mano y le espetó con sinceridad:

–Acaba de pasar por una importante operación, *signora*. ¡Necesita descanso, paz y tranquilidad en lugar de visitas! –y, a pesar del apretón de advertencia de Paolo sobre sus hombros, siguió hablando, hablando con toda la sinceridad que le estaba permitida, porque necesitaba salir de allí. Necesitaba poner la mayor distancia posible entre ella y el hombre que podía hacerla comportarse como una mujerzuela sedienta de sexo–. Le dije a Paolo que dadas las circunstancias no me parecía razonable venir a visitarte ahora. Podíamos haber esperado a que recobraras las fuerzas –consiguió decir con una sonrisa, esperando que fuese interpretada como de complicidad–. Pero ya sabes lo terco que puede llegar a ser tu hijo. Aun así, creo que lo mejor será que me marche mañana o pasado mañana y no te importune en tu convalecencia.

Lily sonrió suavemente, esperando que la anciana estuviese de acuerdo, pero sus esperanzas quedaron frustradas al oírla pronunciar con decisión:

–¡Tonterías! Conocer a la prometida de mi hijo es la mejor medicina que podría tener. ¡La única alegría en un año terrible! –sus ojos pardos brillaban con determinación–. Y hace falta tiempo para llegar a conocerse, *sí?* De hecho, esperaba que mi hijo te convenciese para que te quedases con nosotros mucho más que las dos semanas que me había prometido. ¡Tenemos una boda que preparar!

–¡Tienes que ponerle fin a esto! –siseó Lily frenéticamente media hora más tarde cuando Carla, dama de compañía de la madre de Paolo, se llevó a la anciana para que descansase antes de la cena.

–*Silenzio!* –una mano inexorable la agarró rápidamente por la muñeca–. Baja la voz –ordenó–, o te oirán. Ven.

Con piernas temblorosas y el corazón latiendo a

ritmo asfixiante, Lily fue guiada por una mano masculina y decidida fuera de la habitación, a través del vestíbulo de mármol, por dos pasillos y una puerta lateral hasta una enorme terraza con tumbonas a un lado y una larga mesa de teca con bancos bajo una pérgola al otro.

Ignorando la posibilidad de sentarse, Paolo la condujo por una escalera de piedra hasta el jardín: un laberinto de senderos bordeados por setos, cipreses y rosales.

Al ver que ella tropezaba, ralentizó la marcha, rodeándola con el brazo para tranquilizarla.

—Ahora a sentar y hablaremos sensatamente.

Notando por aquel pequeño error en su impecable inglés que estaba casi tan trastornado como ella por todo lo acontecido aquella tarde, Lily se sentó, alegrándose de hacerlo, en cuanto él la acercó a un banco de mármol que había junto una antigua fuente de piedra.

Confiada en que él estaría tan horrorizado como ella por los entusiastas planes de boda de su madre, fue la primera en hablar:

—¡Tiene que haber un modo de disuadirla! ¡Tú nos has metido en este lío, así que tienes que sacarnos de él! He hecho lo imposible, le he dicho que tenía que dirigir la organización y que no podía comprometerme a nada más durante mucho tiempo, ¡pero no ha querido escucharme!

—Pierdes el tiempo —dijo él sin dudarlo—. *Mamma* sabe que me he comprometido, y que cuando me involucro en algo, las cosas suceden y lo hacen sin problemas. Siendo así, ella sabe que dado que todo está bajo control, tu ausencia tiene poca o ninguna importancia.

Indignada, Lily lo miró fijamente. ¡Menudo arrogante!

–¡Pues entonces pon a funcionar esa mente superior que tienes y piensa algo!

Él podía leer la rabia en sus ojos grises, pero en ellos había algo más. ¿Era miedo quizá?

Situándose a su lado, Paolo echó el brazo por encima del respaldo del banco, relajando el cuerpo deliberadamente. Si los dos se ponían histéricos, no iban a llegar a ninguna parte.

–Admito que no esperaba que se embarcara con tanto entusiasmo en los preparativos de la boda –le confesó curvando los labios en respuesta a su mirada glacial. Pero entonces, la mordacidad con que ella replicó hizo que un calor desconcertante se aposentase sobre sus mejillas.

–¡No, tú esperabas que estuviese exhalando su último suspiro y susurrando lo feliz que era sabiendo que te habías comprometido!

En cuanto Lily pronunció aquellas palabras se arrepintió, odiándose a sí misma por haberlas pensado siquiera, y ya no digamos por habérselas arrojado de aquel modo.

Dejando que su corazón mandara en su cabeza, se disculpó con suavidad.

–Lo siento. He sido muy desagradable –posó su mano sobre la de él, que la tenía apretada sobre la rodilla, y curvó los dedos a su alrededor–. Claro que estabas preocupado por tu madre. Cuando enferma alguien a quien queremos es inevitable, no podemos evitar ponernos en lo peor, rezando por que no ocurra, pero terriblemente asustados de que al final sea así. Es normal.

Todavía asía su mano con dedos fríos. El rostro de él tenía escrita la afrenta que aquello había supuesto a su dignidad. Consciente de que lo estaba haciendo enfadar muchísimo, ella añadió vacilante:

–Ojalá tuviese una madre de la que preocuparme.

Los ojos de Paolo cambiaron al encontrarse con los de ella. Sintió una calidez que le envolvía el corazón y se lo apretaba. Lily Frome. Sus enormes ojos estaban llenos de compasión y los labios le temblaban ligeramente. A pesar de su diminuto tamaño, tenía un gran corazón, y estaba tan poco acostumbrada a hacer daño que no tardaba en disculparse cuando sentía que lo había hecho.

Y él la había intimidado, insultado y no había tenido con ella la menor consideración. No se lo merecía. La había besado y todavía no sabía nada de ella. Y eso era, en sí mismo, un insulto.

Aflojando la mano, entrelazó sus dedos con los de ella. Pero ¿qué le pasaba?

Desconcertada, Lily pestañeó. Abrió la boca pero enseguida la volvió a cerrar. En cuanto él se mostraba agradable, algo raro le pasaba. Intentó adivinar qué era pero no pudo.

Él le preguntó suavemente:

–¿Qué pasó?

–Yo… –Lily se había quedado sin saber qué decir. La causa era la forma en que él la había mirado. El brillo en sus ojos era valorativo, pero también amable, cariñoso. Había dejado de apretar la boca, como si ella fuera un ser humano con sentimientos en lugar de una empleada que cumplía órdenes, una autómata que podía encender y apagar a su antojo y luego guardar en un armario para olvidarse de ella en cuanto hubiese cumplido su función. Se sentía desconcertada.

–Murió –dijo–. Cuando yo era una niña. No la recuerdo –sonrió nerviosa, mirándole por fin a los ojos–. Pero tengo algunas fotos. Era muy guapa.

–Debes de parecerte a ella –le apretó la mano–. ¿Y tu padre?

¿Él pensaba que era guapa? Se mordió el labio inferior. La mano de él en la suya le hacía sentir bien. Demasiado bien, y deseó, en lugar de eso, tener la fuerza suficiente como para retirarla. Pero no la tenía. Lily se encogió ligeramente de hombros.

–Se marchó. Me dejó con la tía de mi madre. No tenía más parientes.

–¿Lo ves a menudo? ¿Sabes de él?

Ella levantó la cabeza ante su tono adusto.

–Nunca, ¿vale? Aunque, para ser justos, mis padres se casaron muy jóvenes, eran todavía unos adolescentes cuando yo nací. Supongo que él solo no pudo hacerse cargo de las necesidades de un bebé. Seguramente fui un error, seguro que él pensaba que viviría con mamá varios años de casados antes de asentarse y tener hijos. Y decidió que dejar que la tía abuela Edith me adoptase sería lo mejor para mí.

–¡Dio! –Paolo se quedó perplejo. ¿Cómo podía un hombre abandonar un pedacito de su misma carne y su misma sangre? ¡Ella intentaba excusar lo inexcusable! ¿Es que siempre ponía la otra mejilla y buscaba lo bueno donde los demás sólo podían ver lo malo? De ser así, ¡no había conocido otra mujer igual!

Lily notó, confusa, que él la miraba como si fuese de otro planeta. Se humedeció los labios y los abrió para explicar que el hecho de no tener padres no tenía nada que ver con el problema al que se enfrentaban, pero enseguida olvidó lo que iba a decirle porque él se inclinó hacia delante, la rodeó con sus brazos y la besó.

Y esta vez, fue tierno. Dolorosamente tierno. Increíblemente bonito. Y se sintió aturdida y con el corazón dolorido cuando dejó de besarla, le apoyó la cabeza en su hombro y murmuró suavemente:

–Lo has pasado muy mal por mi culpa y ahora me toca a mí disculparme, *cara*. No volverá a ocurrir.

¿A qué venía aquello? Nunca se disculpaba, ni daba explicaciones. ¿Qué pasaba con sus reglas?

Impresionado por la profundidad de los sentimientos que albergaba: compasión, admiración, enfado por su anterior comportamiento, etc., giró la cabeza para besarla en ese punto sensible que hay bajo la oreja.

–Confía en mí. He sido yo quien nos ha metido en este lío, como bien has dicho, y yo seré quien nos saque de él –podía notar como el corazón de ella latía bajo su pecho. Un sentimiento inexplicable se apoderó de él y su voz sonó baja y ronca cuando le dijo–: Mientras tanto, relájate y disfruta de tu estancia aquí.

Y casi añade «conmigo», pero se contuvo a tiempo.

Capítulo 6

LILY reconoció inquieta que se estaba volviendo adicta a él. Totalmente adicta. Cuando lo tenía cerca, a su lado, en la misma habitación, cenando o almorzando con su madre, no podía dejar de mirarle. Y cuando él volvía la cabeza y la pillaba mirándole alucinada, le dedicaba tal sonrisa que ella casi se deshacía en mil pedazos.

¿Lo sabía él? ¿Sabía que con sólo sonreírle, rozarle casualmente la mano al pasar o posarle la mano suavemente sobre el hombro a ella se le agitaba la respiración y su cuerpo ardía de deseo?

Tenía la aterradora sensación de que se estaba enamorando de él y no quería que eso sucediese. ¿Por qué, sabiendo lo que tenía delante, querría comprar un billete sin retorno a un lugar llamado Sufrimiento?

Se podía decir a sí misma cuál era la cruda realidad: que aquel despliegue de tierna unión que él había mostrado durante el par de días que llevaban allí no era más que una actuación. Pero aquello no cambiaba en lo más mínimo sus sentimientos.

Y en cuanto a sus besos, bueno, eso también tenía una explicación muy clara. Las dos veces habían sido en momentos en que ella se había mostrado recelosa o se había rebelado. La primera, cuando se resistió a conocer a su madre, y la segunda, cuando se puso histérica al ver que la anciana insistía en preparar una boda que no iba a celebrarse.

Él la estaba manipulando, pero aquella certeza tampoco cambiaba nada en lo más mínimo, convirtiéndola en la peor enemiga de sí misma.

Molesta sobre todo consigo misma, se metió rápidamente la blusa por dentro de la cinturilla de la falda de lino crema que había escogido del montón de magníficas prendas que Donatella había sacado de su maleta, se cepilló el pelo y se puso brillo en los labios. Mirándose en el espejo, sonrió irónicamente a la mujer desahogada que se reflejaba en él y salió para acudir a la cita que Carla le había fijado por el teléfono interno de la casa cinco minutos antes.

La *signora* Venini estaba tomando el aire en la terraza y deseaba que la *signorina* Lily se reuniese con ella.

Sería la primera vez que estaría a solas con la madre de Paolo, y aquella perspectiva le ponía aún más nerviosa. Sin su presencia como amortiguador, ¡quién sabía lo que podría dejar escapar con una palabra o una mirada en un momento de descuido! Sobre todo si la anciana sacaba el tema de la boda. No estaba acostumbrada a fingir ser lo que no era, a vivir una mentira.

La noche anterior, Paolo le había dicho que iba a pasar la mayor parte del día en Florencia por un asunto de negocios y la había invitado a acompañarle y a quedarse de tiendas o de turismo hasta que él acabase. Pero ella había rechazado la invitación porque quería pasar algún tiempo sola para ordenar sus pensamientos, descubrir qué era lo que estaba empezando a sentir por él y poner a trabajar su instinto de supervivencia. Sin embargo, en aquel momento deseó haber aceptado su invitación, aunque fuese sólo para evitar el encuentro con su madre y los riesgos que éste conllevaba.

Al llegar a la puerta de la terraza, Lily se detuvo un instante para dejarse envolver por la suave luz y la calidez de la primavera de la Toscana. Empezaba a relajarse cuando escuchó un alegre: «*Buongiorno, Lily!*».

–*Signora* –respondió Lily débilmente, deseando que no se notase la renuencia que mostraban sus piernas a llevarla hacia la mesa que había bajo la pérgola cubierta de parras a cuya sombra se sentaba la anciana.

–Siéntate conmigo. ¿Crees que podrías llamarme Fiora? Es menos formal, *si?* –tenía una sonrisa encantadora. Lily adivinó entonces de dónde la sacaba Paolo. ¡Cuando le convenía!–. Dejaremos «*Mamma*» para el venturoso día en que te conviertas en mi nuera.

Sabiendo que ese día no iba a llegar nunca, Lily se sintió ligeramente mareada y se obligó a hundirse en una silla al otro lado de la mesa.

¡Cómo odiaba engañar a aquella señora tan agradable! Una parte de ella le urgía a confesarle la verdad, limpiar su conciencia y capear la tormenta que aquello provocaría en Paolo. Pero entonces Fiora dijo:

–Estás guapísima. Mi cínico hijo se ha dejado guiar por fin por el corazón y ha elegido bien: una encantadora joven con un corazón tierno y afectuoso, en lugar de una lustrosa modelo que lo único que alberga en su pecho es una calculadora. ¡Lo harás muy feliz!

Lily sólo pudo esbozar una sonrisa para disimular la decepcionante convicción de que iba a resultarle imposible decirle la verdad a la madre de Paolo, no sólo porque echaría por tierra la felicidad de la anciana, sino porque además provocaría una ruptura entre madre e hijo de la que no quería hacerse responsable.

Por suerte, apareció Ágata con el café, y mientras Fiora agarraba la elegante cafetera de plata para servirlo, le confesó:

–La enfermera que mi hijo contrató se ha marchado. ¡Qué mujer más mandona! Le dije a Paolo que ya no la necesitaba porque me sentía mucho mejor.

–¿Y él accedió a despedirla? –se mostraba tan protector con su madre, tan preocupado por su bienestar que Lily no pudo ocultar el asombro que evidenciaba su voz.

–¡A regañadientes! –le sonrió con sus ojos castaños, y Lily pensó que la madre de Paolo parecía estar mejor. El color había vuelto a sus mejillas, su tono de voz había cobrado fuerza y la ligera marca que tenía alrededor de los ojos había desaparecido–. ¡Tuvo que reconocer que la noticia de su boda me ha devuelto la vida! Extendió la mano para cubrir la de Lily, que reposaba en la madera caliente de la mesa, y le confesó con seriedad–: La muerte de mi marido hace diez años fue un golpe terrible. Sergio y yo nos queríamos muchísimo. Pero aún me quedaban dos hermosos hijos por lo que seguir viviendo y la esperanza de tener nietos –suspiró, retirando la mano para reunirla con la otra sobre la seda morada de su regazo–. Entonces, hace como un año mi hijo Antonio y su esposa, que estaba embarazada, murieron en un accidente de coche. Otro golpe espantoso. Y Paolo, a mi pesar, parecía dispuesto a no volver a casarse nunca más –encogió los hombros–. En cierto modo, entendía su reticencia. No podía confiar en sus sentimientos, ya que le habían defraudado dos veces. Pero seguro que ya te habrá contado todo esto.

Lily asintió con gran esfuerzo, avergonzándose en su interior. ¡Otra mentira! Paolo nunca confiaría en ella ni le contaría nada personal. Era una simple empleada que debía cumplir órdenes y nada más. No podía decirle a Fiora que no eran los sentimientos de Paolo los que le habían defraudado porque sencillamente no tenía, o al menos, no verdaderos, por respeto a su adorada madre. Todo se reducía a un umbral muy bajo de aburrimiento, como le había explicado Penny Fleming. Pero se contuvo y dejó que la anciana siguiera albergando sus vanas ilusiones.

–Aparte del deseo natural de una madre por ver a su hijo asentado y feliz, sabía que, si Paolo no se casaba, se extinguiría el antiguo linaje del que Sergio se sentía tan orgulloso y eso también me provocaba una enorme tristeza. Pero… –una sonrisa asomó entre todos aquellos tristes recuerdos– te ha encontrado, ha perdido el corazón y le espera un futuro feliz. Por eso, tras un año largo y doloroso he vuelto a mirar al futuro con una alegría que nunca esperaba volver a sentir.

Era la primera vez que Lily sabía algo de la tragedia y el año de depresión de Fiora. Al fin podía entender por qué Paolo, al saber de la posibilidad de que su madre muriese enferma, había decidido mentir. Debía de estar desesperado y pensó que anunciar un falso compromiso era el único modo de proporcionarle a su adorada madre cierto grado de felicidad.

Pero estar de acuerdo con él no convertía el engaño en algo más fácil, sino todo lo contrario.

Se sintió aliviada cuando apareció la dama de compañía de Fiora para llevarse a la anciana a descansar.

–Tiene que descansar a menudo para recuperar las fuerzas –anunció Carla sonriendo de soslayo a Lily y extendiendo la mano para ayudar a la anciana a levantarse.

–Lily y yo estábamos manteniendo una conversación muy importante –protestó Flora altivamente, apartando aquella mano extendida–. ¡Y puedo caminar sola! Déjanos, no estoy cansada en absoluto.

–Eso es porque hasta ahora se ha comportado con sensatez y ha descansado tal y como el médico le ordenó –respondió Carla con ecuanimidad, y Lily escondió una sonrisa, preguntándose quién ganaría aquel combate de voluntades. ¡Apostaba por Fiora!

Y Carla hubiese perdido de no ser por el enérgico puñetazo que le asestó:

–Va a necesitar todas sus fuerzas para organizar y asistir a esa boda que tanto le entusiasma. ¡Si se cansa, no podrá hacer nada!

Al oírla, Fiora se levantó rápidamente admitiendo:

–Por una vez, llevas razón –le dedicó a Lily una sonrisa traviesa–. Os veré a ti y a Paolo en la cena. Tengo algo que deciros –y se dejó llevar, refunfuñando–. ¡Recuerda, Carla, que si te pones demasiado mandona correrás la misma suerte que la enfermera!

La sonrisa de la dama de compañía delató que Fiora no hablaba en serio. Tan pronto como ambas entraron en la impresionante villa, Lily se levantó de un salto porque no aguantaba más sentada. ¿Por qué se ausentaba Paolo cuando más lo necesitaba?

Apretando los puños, caminó hacia la balaustrada de piedra y contempló con la mirada perdida la vista sobre las colinas arboladas y los fértiles valles. Pensó que Paolo estaba demasiado relajado con la situación a la que los había catapultado a ambos.

¡Tenía que hacerle entender que debía poner fin de algún modo a las conversaciones sobre inminentes campanas de boda! Y cuanto antes. ¡Antes de que se encontraran inmersos en los planes de Fiora!

Ella lo había intentado en el primer encuentro con su madre, insistiéndole en su necesidad de volver a casa porque había mucho trabajo que hacer en la organización benéfica.

Pero no había conseguido nada.

Así que ahora dependía de él. Pero como no estaba y ella sentía que iba a volverse loca si seguía pensando en ello un minuto más, decidió que tenía que hacer algo para quitárselo de la cabeza.

Girando sobre los tacones de sus zapatos de piel, se

encaminó a la villa y, deslizándose en su habitación, se sentó en la cama y descolgó el teléfono. Aquella situación tan enervante la hacía sentir como si intentase abrirse camino entre densas nubes y sin mapa, y la persona que mejor podía ayudarle a volver a poner los pies en la tierra era su tía abuela.

Edith contestó al teléfono al segundo timbrazo. Su serio y acostumbrado «Sí, ¿quién es?» hizo que Lily esbozase su primera sonrisa sincera en días.

–Soy yo, tía. ¿Cómo te manejas sola? –de pronto encontró una posible salida–. Con tan poco personal, debe de ser difícil. ¿Encontraste a alguien que sacara al perro de Maisie? –si conseguía que su tía abuela admitiese que en su ausencia la organización no podía cumplir con sus obligaciones, tendría la excusa perfecta para acortar su estancia en Italia.

–¡Menos escándalo, niña! Nos apañamos maravillosamente. Kate Johnson ya ha asumido el cargo. Vino temprano. Y en cuanto dispuso su alojamiento en Felton Hall empezó a organizar a los voluntarios. Ha encontrado dos, hizo que el párroco pidiese ayuda tras el sermón, y ha puesto un anuncio en el periódico. Hasta ha conseguido que publiquen un buen artículo sobre Life Begins. ¡No puedo creer que no se nos ocurriera a nosotras! Hace falta un profesional bien pagado para que las cosas se hagan bien. Incluso ahora que estamos empezando todo tiene un aspecto mucho más esperanzador. Pensaba que ese joven tuyo te había contado todo esto, nos llama por teléfono todos los días. Es obvio que se ha tomado muy en serio su participación.

«¿Ese joven tuyo?». No se estaría refiriendo a Paolo, ¿verdad? ¡Qué absurdo! Lily se sumió en un silencio apesadumbrado al ver que su vía de escape se encontraba bloqueada. Se alegraba por la organización, pero aquello no paliaba su situación, y tuvo que admitir incómoda que estaba siendo muy egoísta.

–¿Sigues ahí? –el volumen con que se hizo la pregunta hizo que Lily se estremeciera y graznara un «sí», separando el auricular de su oído mientras su tía seguía bramando–. Así que no tienes por qué preocuparte. ¿Lo estás pasando bien? –y, afortunadamente, sin esperar respuesta, continuó–: Cuando nuestro nuevo socio sugirió ofrecerte unas vacaciones en Italia porque te veía cansada, alegando que su madre estaba enferma y necesitaba la compañía de gente joven, me di cuenta de que había estado descuidando tu bienestar. Llevabas demasiado tiempo trabajando muy duro…

Lily se salió mentalmente de aquella conversación. ¡Así que aquél era el modo en que había persuadido a Edith para que accediese a dejarla irse a Italia sin cuestionar sus motivos! Alguna vez se preguntó cómo lo había hecho, pero tendría que haber sabido que él era capaz de convencer a cualquiera con sus encantos. Cuando Paolo Venini quería algo, lo conseguía de un modo u otro.

Aprovechando que al otro lado de la línea Edith hacía una pausa para tomar aire, dijo:

–Cuídate, tía. Te veré pronto –o al menos, eso era lo que esperaba. Y con fervor.

Paolo hizo girar el coche para internarse en la sinuosa carretera que conducía a la villa. Venía con retraso. Tendría que ducharse y cambiarse deprisa antes de la cena, dispuesta para las siete como concesión a la recuperación de su madre. Las reuniones se habían alargado más de lo que esperaba y por alguna razón tenía ganas de llegar a casa, así que no había estado especialmente incisivo, ya que tenía la cabeza en otra parte.

¿Era porque quería ver a Lily? ¿Porque quería estar con ella? Este pensamiento inesperado le cruzó la mente por un instante. ¡Por supuesto que no! Sólo quería ver que todo iba bien, asegurarse de que, en su ausencia, ella no había hecho o dicho algo que no debía.

Apretó la mandíbula. No paraba de dar gracias por la recuperación de su madre. Y le tranquilizaba comprobar lo que su compromiso ficticio había contribuido en gran parte. ¡Pero no esperaba que se implicase en la boda con semejante agilidad! El día anterior había estado insistiendo en que concertase una cita con el sacerdote y fijara la fecha lo antes posible tras su última cita con el cirujano.

Cuando le dijese, como tendría que decirle, que todo se iba a posponer, iba a quedar decepcionada. Y él lo sabía. Pero entendería la importancia de una falsa y repentina crisis que le obligase a viajar a Nueva York, Madrid, Londres o donde fuera para solucionar temas de negocios antes de prepararse para su vida de casado. Ella había estado casada con el dueño de un conocido banco mercantil el tiempo suficiente como para saber que los negocios se anteponían a los temas personales. Una mentira más: desagradable, pero necesaria.

Sacar a Lily de allí, dado que su madre le había confesado que le había encantado, iba a ser un problema distinto. La excusa de que tenía que volver a Inglaterra para trabajar en la organización no iba a servirles, porque su madre sabía que él había intervenido y Lily ya no era necesaria allí.

Pero ya lo había solucionado: diría que su tía abuela estaba muy mayor y la necesitaba. Su madre entendería que sería cruel privar a una anciana de la compañía y los cuidados de su sobrina nieta, adoptada por ella y querida como una hija. Así, el compromiso se iría alargando hasta que llegase un momento en que pudiese decirle que los largos compromisos no funcionaban y que la boda se había suspendido.

Esperaba que por entonces su madre estuviese mucho más fuerte y fuese capaz de soportar la decepción. Se lo recriminaría sin duda, pero a él no le afectaría demasiado. No le gustaba la idea de tener pensamientos taimados, por decirlo suavemente, porque solía ser franco y engañar a alguien le dejaba mal sabor de boca. Pero en este caso el fin, que era la recuperación total de su madre, justificaba los medios.

Tenía que explicarle todo aquello a Lily. Relajó la mandíbula. ¡Por fin iba a acabar con su sufrimiento! Aunque había que reconocer que ella había actuado de modo más convincente de lo que él esperaba.

Su interpretación del papel de mujer profundamente enamorada era intachable. No era nada personal, porque ella sabía que la viabilidad financiera de la organización benéfica dependía de su cooperación en la farsa, pero la forma en que lo miraba, sus ojos soñadores, su rubor cuando él le sonreía y los destellos plateados que emitían sus ojos eran totalmente convincentes. Y al tocarla, al agarrarla de la mano y deslizar un brazo alrededor de su cintura para que se uniese a la conversación que él mantenía con *Mamma*, había notado su respiración agitada y se había percatado de lo acelerado de su pulso en la base de su cuello y de que sus labios carnosos se abrían. Le resultaba difícil encontrar un defecto en su actuación. Tenía una habilidad como actriz totalmente inesperada.

Igual que sus labios. ¿Actuaba también cuando reaccionó a sus besos? De algún modo, pensaba que no. Inconscientemente, emitió una sonrisa suave y sensual. ¿Quién iba a pensar que aquel desecho cubierto de barro de su primer encuentro llegaría a transformarse en una belleza delicada y cautivadora?

Y tan excitantemente receptiva, además. Se sintió acalorado y su cuerpo reaccionó al recordarlo, desatando en él la necesidad imperiosa de abrazarla, hacerse con su boca y llevar las cosas más lejos... mucho más lejos.

Basta! Frenó el coche haciendo saltar la grava y salió cerrando la puerta con fuerza suficiente como para hacer añicos el silencio. ¡Acostarse con Lily Frome, por muy tentadora que le pareciese aquella perspectiva, era un viaje que no pensaba emprender! Y obviando del hecho de que por ser su empleada le estaba estrictamente prohibida, no era su tipo.

Su tipo. Frunció las cejas. Altas, rubias, largas piernas, refinadas. Había estado brevemente comprometido con una mujer así y brevemente casado con otra. Pero eso fue antes de aprender, a base de errores, que el compromiso era sólo para los estúpidos. Y ahora las rubias, cuando le apetecían, seguían siendo altas, atractivas, elegantes, informadas y dispuestas a mantener una aventura superficial. Y todo funcionaba bien así, teniendo muy claras las reglas del juego.

Ergo, ¡Lily Frome no era su tipo! Era muy menudita. Pero tenía un cuerpo perfecto y el pelo del color de una manzana acaramelada. Era dulce, cariñosa, no tenía reparos en contestar, era franca y honesta, y se sentía tan molesta por lo que él le había obligado a hacer que seguramente tenía pesadillas todas las noches al meterse en la cama.

Al meterse en la cama... Entró en la villa por una puerta lateral, subió a la primera planta por la escalera de servicio para evitar encontrarse con alguien, e intentó sacarse de la cabeza la conexión Lily-cama. Si le sugiriese una aventura, sin duda ella saldría corriendo. ¡Y gritando!

¡O le atizaría con el objeto que tuviese más a mano!

Y él, por una vez, no la culparía por ello. Era guapa, cariñosa, buena por naturaleza, y merecía muchísimo más. Merecía alguien que la amase, la valorase y la apreciase.

Lily sabía que andaba dando vueltas de un lado para otro como un pollo descabezado. ¡Un pollo desplumado y descabezado!

Decidió aplazar el momento de ducharse y vestirse para la cena con la esperanza de abordar a Paolo en cuanto regresara, porque sabía que explotaría si no lograba acorralarlo y obligarlo a hacer algo con respecto a la ilusa de su madre y sus conversaciones sobre la boda.

Pero media hora antes de la hora fijada para la cena familiar que tanto entusiasmaba a Fiora, él aún no había llegado. Perdiendo las esperanzas, se duchó en un tiempo récord y luego se puso ropa interior limpia y escogió del armario un vestido azul grisáceo. Al probárselo, se dio cuenta de que aunque el frontal del vestido era bastante recatado, le dejaba la espalda al aire hasta la cintura y se le veía el sujetador. Y con la falda pasaba igual, se le ajustaba al trasero y caía hasta los tobillos, dejando expuesta la cinturilla de las medias.

Murmurando algo que habría hecho que su tía le pidiese que se lavase la boca con jabón, se desnudó, luego empezó a ponerse el vestido de nuevo y finalmente acabó arrojándolo sobre la cama. Se puso a rebuscar en el armario y a sacar ropa de él, tratando de encontrar algo que no dejase ver su ropa interior.

–Lily… –las palabras que Paolo iba a pronunciar para preguntarle cómo le había ido el día se le borraron de la mente. Si había habido algún problema, ya no importaba. Había entrado en su habitación sin avisar, como si tuviese derecho a hacerlo, y se la había encontrado desnuda, ruborizada y… ¿desconcertada? Se quedó sin habla y sintió un nudo en el pecho. Tenía que disculparse y salir de allí.

Pero en lugar de eso, entró en la habitación y cerró la puerta detrás de él. Se vio arrastrado hacia ella como si no tuviese voluntad. Era bellísima. Se sintió inundado de deseo y contuvo la respiración.

Ella debía haberse echado atrás, enfadada. Pero no lo había hecho.

Sus pies descalzos y diminutos parecían haber echado raíces en la alfombra. ¿Sentiría ella, como sentía él, que aquello tenía que ser así? ¿Que estaba predestinado? ¿Que no podían hacer nada para remediarlo? Para alguien como él, siempre dueño de su propio destino, era toda una novedad.

Más cerca. La miró fijamente a los ojos. Su mirada clara hizo que el corazón le diera un vuelco. Ella abrió los labios, invitándolo sin darse cuenta, y sus pezones erguidos la traicionaron. ¿Lo deseaba tanto como él a ella?

Si la rozaba con la mano, con su mano temblorosa, y sentía su piel, no habría marcha atrás. Paolo lo sabía tan bien como su propio nombre. Aquel cuerpo esbelto era como un canto de sirenas. Irresistible.

Inspiró hondo para insuflar oxígeno a sus pulmones. Lily era una persona inocente. No era su tipo, no era la típica rubia sofisticada que veía el buen sexo como algo que dar a cambio de unas semanas de atención, restaurantes lujosos, fines de semana en París, St. Tropez o Roma y una joya costosa como regalo de despedida.

Le abrumó sentir que moriría antes de hacerle daño a Lily.

Girándose, recuperó el control que había perdido casi por completo en los minutos que habían pasado desde que entró en aquella habitación. Recogió una bata del respaldo de una silla y arropó con ella a Lily, que lo miró de tal modo que él se derritió por dentro.

Al cerrarle la bata, la parte posterior de sus dedos rozaron la cálida piel que cubría sus clavículas y aquello fue casi su perdición. Se apartó de ella, poniendo la distancia necesaria entre ellos, y su voz sonó más grave y brusca de lo que pretendía cuando le ofreció sus disculpas.

–Perdona. Ha sido muy grosero por mi parte irrumpir así en tu habitación –echó un vistazo rápido a su reloj–. Cenaremos en cinco minutos. *Mamma* nos debe de estar esperando –y se marchó para evitar sucumbir a la descorazonadora confusión de aquellos ojos.

Capítulo 7

OS HE preparado una sorpresa maravillosa!
Fiora había esperado a que Donatella acabase de servir la lubina y se retirase en silencio, y Lily empezó a sentirse hundida al ver sus ojos brillar de entusiasmo.

–¡Vamos a celebrar una fiesta de compromiso el viernes! –anunció–. ¡Será el primer acontecimiento social que celebremos en un año! He organizado todo esta tarde por teléfono.

–¿Eso ha hecho? –Carla, con un vestido rojo y holgado que resaltaba su amplia figura, su rostro patricio y su pelo negro y brillante, le dijo reprendiéndola–: ¿A mis espaldas?

–Exactamente.

–¿Y no cree que debería haber esperado a recuperar del todo las fuerzas para someterse a semejante ajetreo?

–¿*Mamma*? –Paolo se hizo eco de aquella pregunta, y por primera vez desde que entró en el comedor, Lily lo miró directamente a los ojos, deseando que pusiera veto a la descabellada idea de su madre.

Con su chaqueta blanca, aparentaba ser exactamente lo que era: un hombre sofisticado, cortés y totalmente acorde con la elegancia que le rodeaba. Blanco sobre blanco. Paredes blancas, largas ventanas con cortinas de gasa blanca, candelabros blancos sobre la mesa extrayendo reflejos de la plata antigua, los cristales venecianos y la porcelana, y flores blancas en un cuenco de porcelana crema adornando el centro de la mesa.

Las pestañas de Lily cubrieron rápidamente sus ojos atormentados. Verlo jugar despreocupadamente con el pie de su copa de vino, tranquilo, sin tensar la boca ni siquiera al levantar una ceja en dirección a su madre, le dolía como una patada en el estómago.

¡No creía que pudiese volver a enfrentarse a solas con él! El rostro empezó a arderle furiosamente al recordar el modo en que se había quedado allí, sorprendida desnuda por segunda vez, asombrada, inmóvil, contemplando cómo la recorría con la vista conforme se acercaba a ella, atrapada en un fiero deseo sexual. ¡Seguramente pensaría que le estaba invitando descaradamente a tocarla y hacerle el amor!

¿Y qué si lo había estado haciendo? ¡Lo había deseado de forma tan desesperada que su acostumbrado sentido del recato y el respeto por sí misma la habían abandonado sin dejar huella!

Pero él no podía haber dejado más clara su falta de interés, disculpándose por su intrusión y cubriéndola con la bata. Y marchándose. Lo que se llama un definitivo: «Gracias, pero no, gracias». ¡Nunca en la vida se había sentido más humillada, más avergonzada de sí misma!

Le había costado reunir más coraje del que imaginaba poseer para ponerse la ropa más recatada que pudo encontrar y presentarse en la cena. Pero en aquel momento deseó haberse dejado llevar por la vergüenza y haber alegado dolor de cabeza para enterrarse en las sábanas y negarse a salir hasta que acabase aquella pesadilla.

–¡No es para tanto, Paolo! –Fiora levantó con el tenedor un trozo de pescado–. Sólo será una pequeña reunión para celebrar tu compromiso, como debe ser.

Sólo vendrán tus primos, y ya sé que no tienes tiempo para ellos, pero quiero que Lily conozca la poca familia que nos queda –soltó el cubierto después de acabarse el plato, prueba de que había recuperado el apetito–. Y en cuanto al trabajo extra, ¿para qué está el servicio? ¡Me encantará sentarme cómodamente a dar las instrucciones oportunas!

De nuevo, Lily se armó de valor para mirar en dirección a Paolo, tragando saliva nerviosamente debido al impacto que su belleza ejercía sobre ella. Apretando la boca y con el corazón golpeándole las costillas, esperó que pusiera fin a todo aquello, que descartase cualquier idea sobre una fiesta de compromiso. Después de todo, él llevaba la batuta. Era su casa y su falso compromiso.

Pero se limitó a decir:

–Pues entonces, visto que no te vas a cansar en exceso, te dejaremos hacer, *Mamma*.

Paolo oyó a Lily inspirar rápidamente y vio como sus hombros se tensaban bajo el vestido negro de seda, para después combarse mientras se encogía en la silla, como si intentara esconderse bajo la mesa.

¡Pobre y dulce Lily! Pensó Paolo, con dolor de corazón. La estaba haciendo pasar por un suplicio detrás de otro. Decidió en silencio que la compensaría de algún modo, que enderezaría las cosas aunque fuese lo último que hiciera.

Se la veía tensa y apagada. ¿Sería por lo que había pasado, o casi, en su habitación?

Una excitación insoportable se apoderó de su cuerpo al recordarlo.

Pensó que se había sabido controlar bastante bien dadas las circunstancias. El deseo le había hecho perder la cabeza, pero había hecho lo que debía echándose atrás. ¿Entendería ella que al no dejarse llevar por sus instintos le estaba demostrando que había aprendido a respetarla y que había antepuesto el bienestar físico y emocional de ella a su deseo por poseerla?

Cuando ella viese que él había respetado su inocencia y no se había aprovechado de lo que inconscientemente le había ofrecido, empezaría a respetarlo a él también y llegaría a gustarle y a olvidar la forma en que la había manipulado para meterla en una situación con la que se sentía terriblemente incómoda. Por alguna razón, para él aquello era de vital importancia.

¿Qué tendría Lily Frome que hacía brotar su instinto protector? ¿La necesidad de mostrarse como una buena persona ante ella? Hasta aquel momento, no le había importado la forma en que lo veían los demás.

Posó sobre ella su mirada perturbadora y el corazón se le encogió en el pecho. Con aquel vestido parecía una persona muy frágil, porque realzaba la palidez de su piel. Se le veía dolorosamente delicada. Frágil y delicada.

Y él no quería romperla. Quería…

Mascullando una excusa, abandonó la mesa y subió a darse una ducha fría.

–Lily dijo que quería tomar el aire –dijo Fiora respondiendo a la pregunta de Paolo sin apartar la vista de las listas que estaba elaborando, llenando rápidamente los papeles, subrayando algunas cosas varias veces, o marcando otras con estrellas o círculos.

Él supuso que eran tareas por hacer para la fiesta, sirviéndose una muy necesaria taza de café.

Había pasado la noche reflexionando. Su cuerpo y su mente le habían planteado un problema pero, como siempre, después de mirarlo desde todos los ángulos posibles, había encontrado una solución.

Todo lo que tenía que hacer era convencer a Lily para que alcanzase la misma conclusión.

Desde el desafortunado desastre de su matrimonio y su ridículo compromiso anterior, había dejado de confiar en su criterio en lo que a mujeres se refería. Había descubierto y dado por hecho que las mujeres no tardaban en acceder a la más mínima sugerencia suya por lo que esto llevaba implícito: ser vistas en el lugar adecuado con uno de los solteros más codiciados de Europa, recibir atenciones durante el tiempo en que durase su interés y acabar saliendo de su vida con una generosa compensación.

Pero en aquel momento no pensaba en su tipo de mujer, sino en Lily. Y ella era muy distinta. Y por eso...

Frunció el ceño mientras Fiora dejaba a un lado un papel, que por lo que él veía desde donde estaba, parecía estar cubierto de jeroglíficos, y le decía en tono de reprimenda:

—La chica parecía pálida y tensa. Espero que no hayas hecho nada que le haya molestado.

—Por supuesto que no.

Aquellas palabras le escocieron en la boca. ¡No había hecho más que molestarla desde que la chantajeó para interpretar un papel que ella encontraba degradante y de mal gusto! Movió los pies, incómodo. No estaba acostumbrado a no llevar la razón. Y no le gustaba.

—Bien. Procura que no sea así —la mirada de su madre era reprobatoria—. Es una mujer encantadora en todos los aspectos, ¡nada que ver con esas horribles arpías con quienes te fotografías para disgusto mío!

Paolo metió las manos en los bolsillos de sus chinos color hueso.

—Deja de fastidiarme, *Mamma*.

—Soy tu madre y haré lo que quiera.

Él torció la boca.

—Los días de las arpías han terminado, te lo aseguro —había descubierto que las aventuras ocasionales no sólo le aburrían, sino que además lo dejaban terriblemente insatisfecho.

—¡Pues faltaría más! Mientras estáis aquí, me gustaría que me dejases pedirle a mi costurera que venga. Primero, para diseñar el traje de novia de Lily, pero también para que piense en algo para mí, porque la madre del novio debe ir impecable.

Los ojos de Paolo se encendieron de alegría, y es que tenía gracia. Su «costurera» era una de las diseñadoras más talentosas e internacionalmente solicitadas de Italia.

—Como quieras, *Mamma* —la besó en la frente, deseando marcharse y empezar a poner en marcha sus planes, pero ella le agarró la mano reteniéndolo y mirando con cariño a aquel hijo que tanta frustración, exasperación y sobre todo absoluta devoción, había inspirado a su corazón de madre.

—Como sabes, veré al cirujano en tres semanas. Me gustaría que concertases la fecha de la boda lo más pronto posible después de esa cita.

Él se llevó la mano de su madre a los labios, hablando ahora con gravedad.

—Eso será si el médico te dice que estás bien. Ni siquiera mis ganas de casarme dejarán que permita que te canses en exceso.

—¡Pasaré la consulta con los ojos cerrados, ya verás! —su sonrisa era radiante—. ¡Y bailaré en tu boda! Ahora, ve a buscar a tu prometida.

Pero su prioridad más perentoria no era encontrar a Lily. Las cosas se sucedían a una velocidad de vértigo. Lo que había empezado como un engaño para hacer felices lo que él pensaba que serían los últimos días de su madre se había convertido en algo muy distinto.

Al entrar en el estudio, sonrió impenitentemente. Había cosas que organizar antes de emprender la tarea de convencer a su prometida ficticia de que se convirtiera en su prometida real y accediese a casarse con él.

Mataría dos pájaros de un tiro. Aseguraría la felicidad de *Mamma*, su paz mental, su interés por el futuro, la posibilidad de tener nietos y, al mismo tiempo, aliviaría la terrible necesidad que él sentía de cuidar de Lily, protegerla, hacerle el amor, hacerla suya.

La idea de volver a casarse ya no le parecía tan desagradable. Lily sería una esposa en la que podría confiar, porque era franca y honesta, aunque había dejado de serlo desde el momento en que él la había coaccionado para que traicionase sus principios. Apretó los dientes.

Sabía que la quería como esposa. Y siempre obtenía lo que deseaba.

¿No era así?

Con gesto decidido, levantó el auricular y empezó a marcar un número de teléfono.

Sintiéndose mareada, Lily se sentó sobre la hierba, encogió las piernas y colocó la cabeza entre ellas.

Se había levantado temprano, saliendo sigilosamente de la villa como un ladrón para evitar a Paolo, dado que le resultaba totalmente imposible tenerlo cerca después del modo en que se había comportado ante él la tarde anterior.

Pero le había remordido la conciencia al ver a Carla entrar con el desayuno en la habitación de Fiora. Desde su llegada, la madre de Paolo no había hecho más que ofrecerle cariño y amabilidad. Era una mujer encantadora y se preocuparía cuando descubrieran su ausencia, una ausencia que Lily pretendía alargar varias horas.

Y como preocupar a la anciana era lo último que deseaba hacer, asomó la cabeza por detrás de Carla y dijo tan alegre como pudo:

–*Buongiorno, Fiora!* –la madre de Paolo ya se había levantado y vestido, llena de vida y energía. Tenía un enorme bloc sobre el regazo–. Hace una mañana tan bonita que he pensado explorar los jardines y tomar el sol un par de horas o así –y se marchó tan rápido como pudo.

Los jardines eran enormes, con muchas zonas aisladas donde sentarse en soledad. Estaba segura de que Paolo no saldría a buscarla, porque el modo en que había abandonado la cena la noche anterior en lugar de quedarse con ella y con su madre como acostumbraba, eran signo de que había encontrado muy desagradable la escena en su dormitorio y quería verla lo menos posible en lo que le quedaba de estancia en aquella casa. Aun así, necesitaba desesperadamente alejarse de allí durante unas horas.

De modo que cuando vio que en el muro se abría una puerta de madera la empujó y se encontró en la ladera de una colina. Allí se hundió en la hierba hecha un amasijo de sentimientos agotadores, sabiendo que necesitaría más de unas horas para poner sus estúpidos pensamientos en orden.

Se había enamorado de Paolo Venini.

Había hecho lo imposible para convencerse de que lo que sentía sólo era una reacción normal de mujer ante un hombre carismático y atractivo. Deseo. Algo que desaparecería afortunada y rápidamente en cuanto dejara de tenerlo cerca y su contacto con él se limitara a sufragar desde la distancia al empleado que había contratado para la organización. Era un caso de «ojos que no ven, corazón que no siente».

Pero nunca conseguiría sacárselo de la cabeza. Y

aquélla era la cruda realidad. Siempre tendría un lugar en su corazón y éste sufriría por él. Y se avergonzaría cada vez que recordase el modo en que se quedó paralizada ante él, desnuda y necesitada.

Se había dado la vuelta y había salido de la habitación después de taparla con la bata, demostrándole su falta de interés. ¿Y por qué no iba a irse? Él podía resignarse y hacer su papel cuando estaban en compañía de su madre en aras del engaño que había promovido. También podía tener una libido muy acentuada: sólo había que ver la cantidad de rubias tontas y pechugonas que habían pasado por su vida; pero las mujeres corrientes, delgaduchas y simplonas lo dejaban frío.

Era simplemente alguien a quien había pagado por hacer un papel. Alguien en quien nunca se habría fijado si no se le hubiese ocurrido inventarse una prometida para tranquilizar a su madre cuando parecía improbable que sobreviviese a su operación y mucho menos que se recuperase por completo. Tenía que tener eso en mente, porque le ayudaría a recuperarse de su mal de amores. Alguien, en alguna parte lo había comparado con una enfermedad, ¿no era así?

Estaba a punto de levantarse para pasear algunas de sus emociones acumuladas, cuando se quedó rígida, el aire se solidificó en sus pulmones y su pulso latió desbaratado.

Detectó su presencia incluso antes de oír su voz, y se le secó la boca.

—¿Lily, te estás escondiendo?

¿Debía negarlo y fingir que la escena en su habitación no había tenido lugar, o debía enfrentarse a ello? Sólo tenía un segundo para decidirse.

Levantó la cabeza y contempló la gracilidad con que se sentaba junto a ella, maldiciendo su magnetismo sexual, pero se armó de cierto valor y acabó por decirle la verdad:

—Sí, me escondía. Me sentía avergonzada por lo que pasó ayer antes de la cena. Y, por si te lo preguntas, normalmente intento taparme cuando un hombre me sorprende como Dios me trajo al mundo —después de decir aquello, cambió rápidamente de tema—. ¡Y estoy que trino contigo porque no has detenido esa absurda fiesta de compromiso cuando estoy segura de que podrías haberlo hecho! —al ver que él sonreía, giró rápidamente la cabeza mordiéndose el labio inferior, porque aquella sonrisa era capaz de volver loca a la mujer más sentada.

—¿Y tienes mucha experiencia en eso de que los hombres te sorprendan desnuda? —su voz sonó tan dulce y cremosa como el chocolate.

A Lily se le erizó la piel.

—¡No, por supuesto que no! —¿por qué no dejaba el tema? ¿Tan cruel era que disfrutaba avergonzándola?

—Es lo que pensaba. Eres tan inocente...

Se había sentado tan cerca que ella podía percibir su regocijo. ¿O era más bien satisfacción?

De cualquier forma, ¡otro duro golpe! Si ya de por sí la falta de experiencia era algo que no iba a valorar mucho, ¿para qué hablar de enamorarse de una «inocente», tal y como la había llamado? Eso quería decir que tenía que dejar de vivir en las nubes, deprimiéndose, sufriendo y deseando que él contrajese la misma enfermedad que ella. Ni siquiera se enamoraba del tipo de mujeres con las que se acostaba: elegantes, rubias y atractivas. Se limitaba a utilizarlas, hasta que se aburría y las dejaba. Así que, ¿qué posibilidades podía tener ella?

Igual se había reído de lo que podría haber visto como un intento por engatusarlo, así que dependía de ella demostrarle que sabía muy bien lo que quería y que no era el tipo de persona con quien uno se distrae o de quien uno se mofa.

–No cambies de tema.

–¿Qué tema? –preguntó con provocadora suavidad, inclinando el cuerpo hacia ella para estirar las piernas. Aquel gesto hizo que Lily deseara apartarse enseguida, pero no pudo hacerlo.

Se ruborizó. ¿Qué era lo que le pasaba? Buscaba su proximidad como un adicto una dosis. Sabía que aquello era malo para ella, pero no podía levantarse y poner distancia entre ambos. ¡Era un caso perdido!

Enfadada consigo misma, gruñó:

–¡Esa horrible fiesta de compromiso que está organizando tu madre! ¡Tienes que detenerla antes de que involucre a más gente en nuestras mentiras!

–Ah, eso –le acarició la cara con el dorso de la mano y luego se la metió en el bolsillo para sacar una cajita forrada de terciopelo. Con la piel todavía ardiendo debido a aquel roce, Lily sólo pudo observar petrificada como él deslizaba el anillo por su dedo–. Ahora te queda perfecto. Ya te dije que lo arreglaría.

Su petulancia la encendió de ira.

–¡Podría abofetearte! –siseó ella, girándose a duras penas y poniéndose de rodillas frente a él–. Te dije que no tocaras los recuerdos de familia para usarlos como simple atrezo, estúpido arrogante…

–¡Mi reconfortante Lily! –se echó hacia delante para posarle las manos en los hombros, haciéndola bajar a su altura e inmovilizándola con una pierna–. ¡Eres la primera mujer que me recuerda que no soy perfecto! La única, aparte de *Mamma*, capaz de llevarme la contraria, y eso me gusta –la besó suavemente en la punta de la nariz–. Me gusta mucho, me recuerda que soy humano.

Su proximidad, el calor que desprendía su cuerpo y

el olor de su piel eran terriblemente seductores, tanto que la hacían estremecerse. Lo amaba y se odiaba por amarlo. Sabía que su decisión de mantener las distancias con él se esfumaba rápidamente, aún a sabiendas de que él estaba haciendo algo que ya había hecho antes. La estaba distrayendo para que olvidara sus objeciones a la celebración de un falso compromiso, porque no le importaba seguir mintiendo.

Con el cuerpo entumecido, en lugar de fundirse con él como antes, apretó los puños contra su pecho, empujándole.

–Te lo advierto: ¡si esa fiesta sigue adelante, no acudiré!

–Y yo tampoco, *cara*.

Al oírle, Lily frunció el ceño, tragándose sus palabras. ¿Iba a poner fin a aquello después de todo? Eso parecía. Poco a poco fue aflojando los puños y dejó reposar las manos en su pecho, donde podía sentir los latidos de su corazón y el calor de su piel bajo la suave tela de la camisa.

La miró a los ojos y ella sintió que los pechos le pesaban y que la piel empezaba a hormiguearle, al tiempo que un vergonzante calor se desataba en su interior y aumentaba al deslizar él una mano por su cuerpo y dejarla reposar en la curva de su cadera.

Se puso rígida. ¿Sabía él lo que le estaba haciendo? ¿Le importaba? ¡Seguramente no! Ella era simplemente una mujer a la que podía doblegar con una pequeña dosis de atractivo sexual! Y aun así…

–¿Qué quieres decir? –con un esfuerzo denodado por alejarse de la zona de peligro, logró zafarse, pero él le puso la mano en la espalda y volvió a atraerla hacia sí. Al sentir el roce de su cuerpo empezó a respirar con dificultad, y logró decir a duras penas–: Dijiste que tú tampoco acudirías a la fiesta.

Apoyándose en un codo le sonrió antes de bajar la cabeza para fundir sus labios con los de ella, acariciándolos con tal sensualidad que la hizo estremecerse.

–No asistiremos a la celebración de un falso compromiso, mi querida Lily. Quiero que sea real –y ante el asombro de ella, dijo–: Te estoy pidiendo que te cases conmigo.

Capítulo 8

LILY lo miró impresionada. Abrió la boca para decir algo, pero no pudo pronunciar palabra. Paolo se limitó a sonreírse con autocomplacencia, introduciendo los dedos en su pelo suave y situándola de modo que pudiese satisfacer sus necesidades. Inclinó la cabeza y murmuró a la suavidad húmeda de sus labios: «Serás mi esposa, Lily», con toda la seguridad en sí mismo de un hombre que siempre conseguía lo que deseaba y para quien suplicar o siquiera preguntar amablemente era algo ajeno a su naturaleza.

Aquel tipo de dominación arrogante no debería derretirla ni hacer arder su piel, pero lo conseguía. Y, por mucho que lo lamentara, no podía hacer nada para evitarlo.

Con impotente resignación, fue terriblemente consciente de la espiral de calor que se le aposentaba en la boca del estómago y la tensión de sus pechos bajo el fino top de algodón. Fue consciente, para su vergüenza, de que Paolo Venini sólo tenía que tocarla para llevarla a un punto de excitación, ternura y deseo que la hacía olvidar quién era ella, quién era él, y hasta su sentido común y su amor propio: todo lo que valoraba de sí misma.

Desesperada por hacer salir la palabra «no» de su garganta, todo lo que consiguió fue gemir instintivamente cuando él le separó los labios con los suyos y empezó a asaltar eróticamente sus sentidos. Introdujo la lengua en la blanda dulzura de su boca con apremio masculino y deslizó las manos bajo la suave tela de su top, gimiendo de satisfacción para hacer saber a su aturdido cerebro que descubrir que no llevaba sujetador le producía mucho más que complacencia.

Cuando con diestras manos logró levantarle el top, dejando a su vista sus pezones rosados y erectos, Lily hizo un enorme esfuerzo por recuperar la cordura, luchando contra la necesidad de rendirse ante un hombre al que amaba más de lo que jamás creyó posible.

Zafándose de él, temblando, ruborizada y atribulada, logró decir:

—¡Esto es una locura!

Una lenta sonrisa le suavizó el rostro, y arrugando la comisura de sus ojos nublados por el deseo, le dijo:

—Si esto es una locura, me gusta. ¡Me gusta más de lo que puedo expresar con palabras, *cara*! ¡Y siempre quiero más!

Volvió a atraerla hacia él y esta vez la besó con fiera pasión, dejándola sin aliento y sin razón. Sólo cuando se detuvieron a recuperar el resuello Lily logró decir entrecortadamente:

—¿Por qué querrías casarte si me has dicho que odiabas la idea de hacerlo? —se apartó de él, agradeciendo a su ángel de la guarda que le proporcionase aquella fuerza de voluntad. Y él la dejó ir. Debía de haber una intención oculta en aquella descabellada proposición. No tenía ni idea de lo que era, sólo sabía que sería cruel, porque ya le estaba haciendo daño—. ¡No me digas que te has enamorado de mí!

Y se despreció al ver que su rostro delataba su desilusión cuando él le dijo:

—¿Qué es enamorarse sino una aséptica palabra para convertir en algo aceptable una urgencia del deseo? —le tomó de la mano con sus dedos largos y bronceados–. No tengo reparos en reconocer mi deseo. Me excitas, me haces arder, me conmueves más de lo que ninguna otra mujer ha conseguido conmoverme, *cara mia*. Sé que tú también deseas fervientemente acostarte conmigo, por la forma en que reaccionas, pero también sé que no tienes madera de amante. Eres dulce e inocente, y no me atrevo a degradarte preguntándote si quieres acostarte conmigo sin pasar antes por el altar –le dedicó una cálida mirada de reconocimiento–. Por eso he cambiado de idea con respecto al matrimonio. No sería algo tan malo.

Con un movimiento ágil, volvió a agarrarla y la echó sobre la hierba, explorando con mano tormentosa bajo su top sus sensibilizados pechos y provocando que una oleada de ardor erótico la recorriese de arriba abajo.

Su boca sensual se encontraba a sólo un milímetro de los labios temblorosos de Lily cuando murmuró con urgencia:

–Matrimonio. Piénsalo, Lily. Poder disfrutar de tu delicioso cuerpo, darte placer con la conciencia tranquila, cuidarte, agradar a *Mamma* en lugar de tener que plantearle un compromiso roto –deslizó la mano por la suave curva de su vientre, haciéndola rendirse a causa del deseo, pero de pronto le preguntó con voz grave–: ¿Qué podría si no ser más conveniente?

¡Conveniente!

¡Para él!

Le daría a Fiora lo que deseaba, la haría feliz. Y se permitiría aplacar esa lujuria que acababa de admitir hasta que se aburriese, cosa que, visto lo visto, seguramente ocurriría.

Quiso gritar: «¿Y qué pasa conmigo?», pero no lo hizo. No tenía sentido permitirle comprobar cuánto daño podía hacerle, permitirle adivinar que se había enamorado de él, añadiendo unos cuantos metros cúbicos más a su enorme ego.

Su insultante propuesta consistía en cumplir con su obligación con respecto a su madre y saciar su recién descubierto deseo por alguien a quien había tachado de inocente. La forma en que había hablado de acostarse con ella con la conciencia tranquila le hizo estar segura de que nunca había tenido relaciones con una mujer virgen.

¿Y cómo sabía él que ella era virgen, una «inocente»? ¿Tan obvio era? ¿Tan torpe era?

La novedad de acostarse con una virgen se le pasaría pronto y Lily lo sabía. Las lágrimas le escocieron los ojos. Tenía muy bajo el umbral de aburrimiento. Eso también lo sabía. Se cansaría de ella, como se cansó de su primera esposa, y acabaría abandonada, escondida, olvidada. ¿Rota?

Ni siquiera la fugaz alegría de ser su esposa le compensaría tanto daño.

Pero no le dejaría adivinar las emociones que amenazaban con destrozarla. ¡Si le diese la más mínima pista sobre lo que realmente sentía por él, entraría a matar! Y sabiendo lo débil que era con él, ¡se convertiría en víctima de muy buen grado!

Respirando hondo, reunió tanta fuerza de voluntad como pudo y le dijo, más o menos desapasionadamente:

–No me casaré contigo, Paolo. Me siento halagada, creo. Pero no voy a aceptar.

Se estaba armando de valor para otro ataque a sus sentidos, pero se quedó desconcertada y pensó, indignada consigo misma, que se sentía decepcionada al ver que él la dejaba ir lentamente.

Se había incorporado con una tranquilidad envidiable, había metido las manos en los bolsillos y sonreía con una seguridad aterradora.

–Pues entonces, *cara*, me quedan dos días antes de la fiesta para hacerte cambiar de idea. No te expongas mucho al sol. Incluso en esta época del año, las pieles delicadas se pueden quemar.

Lily consiguió evitar a Paolo hasta la hora de la cena. La cocinera se había superado, con una langosta en salsa seguida de uvas caramelizadas, pero se sintió incapaz de tragar más de un bocado de cada plato.

Se obligó a seguir la animada charla de Fiora sobre el terrible tema de la fiesta, porque no se le ocurrió otro modo de desviar la atención sobre su falta de apetito. Por dentro se sentía a punto de estallar en cualquier instante.

Y en cuanto a Paolo, bueno, no se atrevía a mirarle. Pero sentía como él la observaba, y por sus comentarios ocasionales percibió que él sabía cuánto luchaba ella por evitar su mirada, y que aquello le divertía enormemente.

Porque...

Porque él sabía tanto como ella que sólo tenía que poner a funcionar una porción de su magnetismo sexual para dejarla indefensa, totalmente a su merced y accediendo a todo lo que le pidiese, incluso un matrimonio que ella sabía que iba a acabar en amargo fracaso.

¡Y aquello la asustaba horrorosamente!

Ella lo deseaba, su deseo por casarse con él era mayor que el que jamás había sentido por cualquier otra cosa. Y la oferta estaba ahí, pero no podía aceptarla.

Ante la evidencia de un compromiso roto, un matrimonio fugaz e innumerables aventuras a sus espaldas, sucumbir a la tentación de casarse con él sería como cometer un suicidio emocional. Si la amase, sería la persona más feliz del planeta. Pero no era así. Se lo había dejado bien claro. Y no estaba preparada para que le rompiesen el corazón.

¿No era una idiota imprudente, verdad?

Aprovechando una brecha en la conversación, Lily preguntó con una vocecilla que no reconoció como suya:

—Fiora, ¿podrías prescindir de Carla un momento mañana por la mañana? Necesito ir a Florencia... sin Paolo. ¡Me gustaría comprarle un regalo de compromiso! —forzó una sonrisa para esconder su consternación por tener que mentir otra vez—. Si pudiese llevarme en coche, ya encontraría yo la forma de volver.

Contuvo la respiración, convencida de que él se ofrecería a llevarla, porque sabía que lo del regalo era pura mentira y aquello debía de olerle a gato encerrado. Él sabía que estaba evitando su compañía por todos los medios, porque le aterraba su intención de convencerla para que aceptase su proposición antes de la fiesta, pero se limitó a decir:

—Mario te llevará, *cara*. Dile a qué hora quieres volver y él te recogerá. Puedes pasar el día explorando nuestra preciosa ciudad, si quieres. Pero no por un regalo de compromiso: tu dulce compañía es más que suficiente para mí, ya lo sabes. Aun así, si te apetece comprarme algo, un pequeño obsequio para señalar la ocasión, por supuesto estaré encantado.

¡Canalla! ¿A qué estaba jugando? Sabía de sobra que su deseo repentino de ir a la ciudad era una táctica para evitarle y que no confiaba en sí misma a la hora de enfrentarse a sus devastadores métodos de «persuasión». ¡Por mucho que le amase, no lo entendería ni en un millón de años!

Entonces lo miró, y la perfección de su rostro la dejó sin aliento. Su sonrisa lenta y atractiva hizo estragos en ella, como de costumbre. Con la respiración entrecortada, se disculpó, alegando un ligero dolor de cabeza, y se refugió en su habitación, cerrando la puerta con llave. Por si acaso.

Florencia fue toda una impresión para los ya de por sí tambaleantes sentidos de Lily. Tanta belleza, tanta elegancia y tan difícil de abarcar: sobre todo porque veía que necesitaba una enorme bola de cuerda para encontrar el camino de vuelta a la plaza donde Mario la había dejado con la promesa de recogerla allí a las cinco de la tarde.

Con los pies doloridos, pero más tranquila después de un tiempo sola, y sin miedo a que Paolo la encontrase y pusiera en marcha esa magia especial capaz de derretirla como el hielo, Lily consiguió volver al punto de encuentro con media hora de antelación. Encontró en una terraza de una *trattoria* la excusa perfecta para sentarse a la sombra y tomar un café. A veces tuvo la sensación de que la seguían, pero se dijo a sí misma que estaba paranoica. Ya había decidido lo que iba a hacer.

Aquella tarde y al día siguiente se aseguraría de no darle a Paolo la oportunidad de utilizar su poder de persuasión y con suerte, la llegada de los invitados de su madre limitaría enormemente el tiempo que pasasen juntos y a solas.

Así que estaría para la celebración del falso compromiso. No podía llevar adelante su plan de boicotearla porque eso molestaría mucho a Fiora y no quería hacer algo así, pero se marcharía justo después. Tendría que inventar alguna razón de peso para regresar inmediatamente a Inglaterra. No sabía el qué, pero ya se le ocurriría algo.

–*Signorina...* ¿está usted lista?

Pestañeando, Lily miró al joven delgado de pantalón oscuro y camisa blanca. Mario. Con enorme puntualidad. Sus sospechas se tornaron certezas.

Se levantó, agarrando el bolso.

–¿Me has estado siguiendo, Mario?

–*Certamente*. El *signor* me lo ordenó así –sonrió ampliamente, alzando los hombros–. La aprecia mucho. No puede pasarle nada malo.

Echando chispas, Lily cruzó la *piazza* hasta donde la esperaba el coche, seguida de Mario. ¡Ni siquiera unas horas de libertad! A pesar de lo que Mario creía, no se trataba de cuidarla ni de preocuparse por su bienestar, sino de puro control. Se había convertido en objeto de propiedad de Paolo. Seguida. Vigilada. Y pensó airada que sin duda le pediría un informe detallado de lo que había estado haciendo.

Pero Mario no tenía la culpa. Se había limitado a cumplir las órdenes del todopoderoso Paolo Venini. Así que consiguió mantener con él una animada conversación en el camino de vuelta a través de la Toscana, pensando aparte lo que tenía que decir exactamente sobre personas desagradables y suspicaces que contratan guardaespaldas para seguir a otras.

Convencida más que nunca de que la única opción posible era regresar a Inglaterra tan pronto como cumpliese sus obligaciones con Fiora y fuese presentada en la fiesta, decidió de mala gana que tenía que volver a mentir y decir que su tía abuela Edith estaba enferma y la necesitaba.

Le resultaba muy desagradable, pero era lo único que Fiora podría entender. Se iba a sentir muy decepcionada al ver que acortaba su visita y que los planes de boda quedaban en suspenso por un tiempo, pero lo entendería perfectamente.

¡Y ya dependería de Paolo confesarle que no habría boda cuando él lo creyera conveniente!

La euforia que le entró al imaginarse alejada de aquel embrollo duró hasta que llegaron a la villa, donde se desmoronó, convertida en desesperanza, al ver cómo Paolo, impresionante en vaqueros y camiseta blanca, salía de la casa acompañado de una sonriente y lozana Edith.

¡Aquel demonio sonriente y apuesto había bloqueado su última vía de escape!

Capítulo 9

LILY pensó, cerca del ataque de histeria, que era como si él le hubiese leído la mente antes de que pusiera en marcha su estrategia de escape. Se acercó con piernas temblorosas hacia la sonriente pareja, preguntando directamente:

–¿Cómo es que estás aquí?

–¡Niña, menuda bienvenida! –para su asombro, Lily se encontró aplastada contra el corpulento pecho de su tía abuela en una extraña exhibición de afecto–. ¡En jet privado y helicóptero! ¡Imagínate, me he sentido como una reina! ¡Paolo lo ha arreglado todo!

–No podíamos celebrar nuestro compromiso sin ella –fue su fría y desagradable bienvenida.

Zafándose del abrazo de oso, Lily le dedicó una mirada de aversión. Él contestó con la sonrisa divertida de un hombre satisfecho que puede hacer que las cosas ocurran para obtener lo que quiere.

¡Con razón no había puesto objeciones a que pasara el día fuera! ¡Se había limitado a hacerla seguir y a arreglar el viaje de su tía para asegurarse de colocar a Lily en una situación aún más difícil! ¡Qué despiadado y manipulador!

–¡Me llevé una gran alegría cuando Paolo me llamó con la noticia de vuestro compromiso! –exclamó Edith–. ¡Creo que no he pegado ojo desde que me invitó a venir aquí y quedarme para la boda!

Oh, claro, ¡menudo estratega!

–¿Por qué no vamos a la terraza? Ágata nos traerá algo frío para beber –dijo Paolo con suavidad–. *Mamma* está descansando antes de la cena. Cree que se encuentra perfectamente, pero sigue estando delicada –añadió, y Lily notó con rabia que se dirigía a ella con cierto tono de advertencia.

No necesitaba recordarle el delicado estado de salud de Fiora. Apreciaba mucho a su madre, y de no ser por que no quería hacerla sufrir, habría abandonado Italia al darse cuenta de que se había enamorado de un hombre que no le convenía en absoluto, ya fuese aquello una excusa válida o no.

La recuperación de Fiora era su más fuerte moneda de cambio. Y encima había metido en todo aquello a su tía, consiguiendo otro punto a su favor. ¡Tenía ganas de matar a aquel demonio manipulador!

Atravesando con los ojos su amplia espalda mientras caminaban alrededor de la inmensa villa, Lily apenas oyó decir a Edith:

–Espero no haberla fatigado. Hemos tenido una charla muy interesante a mi llegada. Disculpa si la he retenido demasiado tiempo.

Al escuchar su tono de preocupación, Paolo se giró, ofreciéndole una sonrisa cálida y sincera.

–Eres la familia de Lily, Edith, y *Mamma* valora por encima de todo las relaciones familiares. Que se haya retirado no tiene nada que ver con tu presencia, que es más que bienvenida. Carla, que es su dama de compañía, y yo siempre insistimos en que descanse todas las tardes. Conocerte y tenerte aquí la hace muy feliz. Y la felicidad es la mejor medicina, ¿no es así?

«Otra advertencia nada sutil», despotricó Lily mientras pasaban bajo la pérgola cuajada de glicinia y se dirigían a la escalera que llevaba a la terraza.

Tan pronto como pudiese estar a solas con su tía tendría que confesarle que el compromiso, al menos en lo que a ella respectaba, era una farsa y explicarle lo que la había llevado a esta penosa situación. Lo estaba deseando. No existía en el mundo persona más recta y franca que su pariente, que deploraría el engaño y lo diría sin tapujos.

Pero la oportunidad se echó a perder cuando Paolo las dejó solas para buscar al casero. Edith se volvió hacia ella enseguida con ojos brillantes de emoción y le dijo:

–¡No sabes lo feliz que me ha hecho esta noticia! ¡Qué peso me he quitado de encima! Debo confesar que llevaba un tiempo preocupada por tu futuro bienestar. No, escucha –pidió al ver que Lily abría la boca para protestar–, no viviré eternamente, y quién sabe qué habrá sido del irresponsable de tu padre. Odiaba pensar que iba a dejarte sola en el mundo –se acercó a una mesa situada a la sombra y ordenó, recuperando un ápice de su antigua acritud–: Siéntate, niña. Estaba preocupada por ti. Has estado trabajando a todas horas con la única compensación de saber que estabas ayudando a gente necesitada, sin tiempo ni ocasión para conocer hombres o dedicarte a una carrera rentable. Me sentía culpable por haber estado tan implicada en Life Begins y no haber pensado en tu futuro, por no haber hecho, ni con mucho, lo suficiente por ti.

–¡No hables así! –gritó Lily con gran emotividad–. ¡Todavía vivirás muchos años! Y lo has hecho todo por mí –protestó vehementemente, consternada por lo que acababa de oír y añadió con sincera compasión–: No debe de haber sido fácil cuidar de mí –en el momento en que la mayoría de las mujeres piensan en tranquilizarse y tomarse las cosas con más calma, Edith se había hecho cargo de una niña que podría tacharse de abandonada–. Me diste una familia, el sentimiento de ser aceptada, una infancia segura y feliz.

–Nunca fue difícil, niña. ¡Nunca! –los ojos de Edith se humedecieron–. Y ahora ya no tendré que preocuparme más. Tu boda me ha quitado una gran carga de los hombros, te lo aseguro. Y con un hombre tan fuerte, tan cariñoso... tan rico... –señaló todo lo que les rodeaba–. Pero créeme, aunque fuese tan pobre como las ratas lo aceptaría de corazón. Tuviese el dinero que tuviera, no dejaría de ser un buen esposo para cualquier mujer. De hecho, gracias a su generosidad podemos dejar el futuro de Life Begins en manos de gente preparada, de modo que enterramos otra preocupación.

Paolo no volvió a reunirse con ellas. Ágata trajo zumo de naranja helado y recién exprimido y expresó las disculpas del *signor*. Tenía que trabajar y las vería en la cena.

Dejando a su tía abuela en su habitación, admirada del servicio y decidiendo cuál de los dos trajes que traía sería más apropiado para la cena, Lily salió a buscar a Paolo dispuesta a reprenderle. ¿Qué derecho tenía a seguirla y a traer a su confiada tía y meterla en aquel lío?

Se le daba bien humillarla. Pensó que había sido muy lista al evitar su «persuasión», pero durante todo el tiempo él había tenido un as en la manga y se había estado riendo de ella. ¡Con razón le había permitido marcharse para no tener que verlo!

Dirigiéndose directamente a su estudio, lo encontró junto a la ventana hablando por teléfono. Cambiando el peso del cuerpo de un pie a otro, esperó hasta que acabó de hablar, negándose a dejarse impresionar por su magnificencia. Los ojos aún le echaban chispas cuando él se volvió hacia ella y le sonrió.

–¿Cómo te atreves? –le espetó, saltando prácticamente en su deseo por acercarse a él y abofetearle.

–*Cara?* –levantó una ceja en un interrogante que ella encontró exasperante.

–¡Sabes perfectamente de lo que hablo! –la cara se le encendió de rabia–. Sabes muy bien lo que has hecho. ¡Ahora decepcionaremos a dos ancianas en lugar de a una sola! ¿Tienes idea...? ¿Sabes lo que me ha dicho mi tía? ¡Dice que al saber que tengo el futuro asegurado se ha quitado un gran peso de encima! –con ojos vidriosos, no lograba hablar con coherencia por la rabia que sentía al ver que la había puesto en aquella situación–. Utilizas a la gente como marionetas para obtener lo que deseas, sin tener en cuenta sus sentimientos.

A Paolo le costó evitar una sonrisa. La pequeña Lily Frome poseía un encanto cautivador. ¡Un manojito de furia sibilante!

Reconoció admirado que ella había tenido que armarse de valor para venir a insultarle. Estaba acostumbrado a que todo el mundo, sobre todo sus compañeras de cama, que eran algo que ya pertenecía al pasado, lo tratase como si fuese una especie de dios, que se deshiciesen por agradarle y lo halagasen servilmente. Ver a Lily enfrentarse a él de esa manera le hizo sentirse vivo por primera vez en años.

–Hago lo que se tiene que hacer. ¿No has oído eso de que el fin justifica los medios?

Cuando Lily vio que él avanzaba hacia ella, se sintió sofocada. El aire quedó atrapado en sus pulmones y apretó los puños: con «el fin» se refería a casarse.

¡Con ella!

Y no porque la amase, sino porque era lo conveniente. No quería decepcionar a su madre porque la adoraba. Y después de la tragedia que había acabado con la muerte de su hermano, su cuñada y el hijo que ésta esperaba, haría lo que fuese por alegrar sus últimos años de vida. Además, acostarse con una virgen iba a ser una experiencia novedosa. Él podría enseñarle todo lo que sabía sobre el placer. ¡Hasta que se aburriese!

¡Gracias, pero no, gracias! Puede que lo amase y lo desease hasta que se convirtiese en un dolor ardiente que casi no pudiese soportar, pero se respetaba demasiado a sí misma como para permitirse aceptar aquella proposición tan insultante.

Pero en aquel momento lo tenía cerca. Demasiado cerca. Y aun así, logró elevar la cabeza y mirarlo desafiantemente a los ojos.

¡Gran error!

Eran de un atractivo tan fascinante que se sintió aturdida. Siempre le provocaba aquella reacción. Y cuando le agarró una mano, abriéndole los dedos, no pudo hacer nada por detenerlo.

Acariciando con un dedo la palma de su mano, él refrenó la urgencia de su deseo por llevarla hasta el sofá y quitarle la ropa, poniendo de nuevo al descubierto la desnudez que su mirada ávida ya había contemplado. Deseaba explorar con manos impacientes cada curva, cada valle de su cuerpo menudo y proporcionado, y descubrir el secreto de su feminidad y su placer hasta que le rogase que la dejase ir. Deseaba hacerla suya.

Pero iba a ser su esposa. Estaba totalmente decidido. Y como futura esposa, debía respetarla. Apartando de su mente sus fantasías eróticas y prometiéndose cumplirlas todas en su noche de bodas, dijo:

—No hay por qué decepcionar a nadie, *cara mía*. Nuestra boda hará feliz a todo el mundo.

Aquel rampante atractivo era peligroso. Ella se sentía acalorada, inquieta, con los pechos tensos, los pezones empujando la camisa que llevaba bajo el traje de lino y la mente en blanco. Por no hablar de la vocecilla que le apremiaba para que se rindiera, que le dejase hacer todo lo que quisiese hacerle y admitir que le amaba. Pero de pronto, la conciencia de que estaba manipulándola otra vez le hizo recuperar la cordura de modo tan efectivo como si le hubiesen arrojado un cubo de agua helada.

Retirando la mano de golpe, dio un paso atrás, con el pulso latiéndole con fuerza en las sienes. Él se estaba aprovechando de su carácter bondadoso. Era lo suficientemente listo como para saber que ella sería incapaz de hacer daño a alguien a quien amase. Y sabía que ella y Fiora se apreciaban mucho mutuamente, y que quería mucho a su tía abuela, que valoraba todo lo que había hecho por ella y los sacrificios que había hecho al adoptarla y criarla como si fuese su propia hija.

Bueno, le había demostrado que no era tan blanda como él pensaba. Con la cabeza alta, le dijo:

—Olvidaste ponerme en la lista de las personas que serían felices con nuestro matrimonio. ¿O he de suponer que estoy incluida en ese «todo el mundo»?

Desdeñada por sus métodos, cuando todo lo que tenía que hacer era decirle que la amaba y que fuese algo sincero, cosa que ella sabía que nunca iba a pasar, pudo reunir fuerzas para marcharse mientras le decía–: No me casaré contigo. Te dejo para que des la mala noticia cuando creas conveniente y sea tu conciencia la que cargue con las consecuencias, ¡si es que la tienes!

Lily contempló su reflejo sin entusiasmo. Se había puesto el vestido azul grisáceo con la espalda al aire, esta vez sin ropa interior, para ver si se sentía una mujer madura y dueña de sus pensamientos en lugar de una muñeca en manos de un experto titiritero.

Pero no funcionaba. Su mente, o lo que quedaba de ella, le había sido arrebatada. Su firme decisión de rechazar la propuesta de Paolo empezaba a tambalearse y a inclinarse del otro lado de la balanza, y seguiría así hasta que ocurriese algo que volviese a enderezarla en la dirección opuesta.

La conversación que había mantenido con su tía un par de horas antes había sido la gota que había colmado el vaso.

—Quiero hablar contigo —el susurro de la anciana había sido lo suficientemente alto como para quemarle los oídos—. Sé que no es necesario, pero necesito tu aprobación —preguntándose qué tramaba Edith, Lily se había encontrado en el pequeño salón que dominaba los jardines en la parte trasera de la villa, con la puerta cerrada tras de sí, y con la anciana mirando a su alrededor para asegurarse de que estaban solas—. ¿Sabes que Fiora y su dama de compañía tienen planeado volver a su casa en Florencia justo después de la boda? ¿Qué te parece? —inspiró profundamente y prosiguió rápidamente—: ¡Me han invitado a vivir en Florencia con ellas! Es una ciudad preciosa, creo. Siempre quise visitarla, pero nunca pude permitirme el tiempo ni el dinero necesarios para hacerlo.

Lily se quedó sin habla ante aquella descorazonadora noticia y se limitó a mirar a los ojos a su querida tía abuela.

—¿Te comió la lengua el gato?

—Yo... —luchando por evitar esta última idea, Lily no supo por dónde empezar— ¿Y tu casa… y la organización? —pero sabía de sobra la respuesta. Y llegó tal y como la esperaba:

–La organización va bien, hay más voluntarios a tiempo parcial que nunca, muchas actividades para recaudar fondos en vista y el apoyo de Paolo. Y en cuanto a la casa, te la he dejado en mi testamento. Pero como cuando te cases con Paolo no la necesitarás, puede que la venda y pague con ese dinero mi nueva vida en Florencia.

Con el corazón totalmente hundido, Lily dijo:

–Entonces, ¿ya has tomado la decisión?

–Prácticamente. Fiora y yo nos llevamos muy bien. No se me ocurriría trasladarme de no ser así. Al parecer tiene un piso enorme, totalmente equipado. Y nos haremos compañía la una a la otra. Carla es magnífica, pero Fiora dice que a menudo echa de menos la compañía de alguien de su edad. Y por supuesto, estaría cerca de ti, lo que no quiere decir que me pasaría el día visitándote e incordiando, pero andaría cerca –viendo que la mirada atónita de Lily no era la entusiasta recepción que esperaba, la anciana añadió en confidencia–: Ya le he pedido su opinión a Paolo. ¡Le parece una idea estupenda!

«¡Estoy segura!», pensó Lily mientras se apartaba del espejo, harta de que todo fuese «espléndido». ¡Otra vez le había ganado a base de artimañas! Si insistía en rechazar el matrimonio, aquellos planes felices acabarían mordiendo el polvo.

La tía abuela Edith tenía un sentido del deber fuerte e inalterable. No llevaría adelante sus planes de mudarse a Florencia, ni vendería la casa para sufragar su vida aquí dejando a Lily sin hogar o en una habitación alquilada. Ambas regresarían a Inglaterra y seguirían con la vida que llevaban.

¿Podría ser tan egoísta como para negarle a la anciana la vida tranquila y llena de lujos que merecía en los últimos años de su vida?

Edith no se había casado. Había sido profesora durante muchos años y había fundado la pequeña organización benéfica al jubilarse con sesenta años para dedicarse a ella por completo, viviendo con poquísimos lujos. ¿No se merecía algo mejor?

Y, para empeorar las cosas, Paolo había estado cariñoso, atento, e incluso respetuoso en los dos últimos días. El perfecto prometido italiano. Por una parte, había conseguido que se enamorase aún más de él, ¡pero por otra despertaba sus instintos asesinos!

Esperando la fiesta como si fuese a una cita con el dentista, exhaló un suspiro e deslizó los pies en los tacones.

Los invitados estarían esperando que apareciese la feliz pareja. Le dio un salto el estómago. Al parecer, habían invitado a los amigos de Paolo y, lo que es aún peor, al sacerdote del pueblo. Y a los primos, por supuesto. Tres primos y una prima. Habían llegado una hora antes, pero antes de que les mostrasen sus respectivas habitaciones, ella sólo había tenido tiempo de sonreír lánguidamente a aquellos hombres trajeados con actitud indolente y a una impresionante belleza latina que parecía aburrirse.

Pensó que entendía que Paolo tenía poco tiempo para ellos, pero se gruñó a sí misma por ser tan poco caritativa y juzgar a primera vista a un montón de gente que seguramente era muy agradable.

Girando nerviosamente el anillo en su dedo, estiró la espalda. No podía esconderse en su habitación por más tiempo. Había llegado el momento de enfrentarse a ellos y tomar parte en aquella desagradable charada. Debía intentar dejar de pensar que rechazando a Paolo afligiría a su tía, empañando con su desengaño los últimos años de su vida, sin olvidar que Fiora se sentiría enormemente desgraciada.

Como si sus pensamientos angustiosos, centrados en el responsable de todos sus problemas, lo hubiesen conjurado, Paolo irrumpió en la habitación.

Lily se detuvo en su camino hacia la puerta. Estaba impresionante con su chaqueta blanca y esbozaba una sonrisa tan sensual que ella, como siempre, perdió la noción de las cosas.

Salvando de dos zancadas el espacio entre ellos, le tomó la mano, se la besó sin dejar de mirarla a los ojos y comentó con enorme seguridad:

–*Cara mía*, estás espectacular. La futura esposa de la que cualquier hombre se sentiría orgulloso –puso la mano de ella sobre su pecho, acercándola hacia él con una cortesía que casi la hace rendirse, lamentándose de la debilidad que le apremiaba a pegarse a él, aferrarse a su cuerpo y no dejarlo marchar nunca más. Pero entonces él dijo–: No hace mucho me acusaste de tener en cuenta la felicidad de todos menos la tuya.

Lo que le dio a ella la fuerza necesaria para contestar:

–Y de moverte sólo por propia conveniencia…

–Déjame hablar –bajó la voz hasta prometerle en un ronco susurro–: Podría hacerte feliz. Te haré feliz –corrigió, y Lily inspiró agitadamente, hipnotizada por sus ojos, por la belleza esbelta y aceitunada de su rostro inolvidable, aterrorizada al tener que admitir que sí, que podría hacerla feliz.

Increíblemente feliz.

Durante una semana más o menos.

Hasta que se aburriese de ella. Y luego la dejaría, partiéndole el corazón, como hizo con su primera esposa.

Negándose el alivio que le supondría echar la cabeza hacia atrás y gesticular como una niña privada de su juguete favorito, dijo:

–No queremos hacer esperar a los invitados, ¿verdad? –y se dirigió a la puerta. Se detuvo el tiempo suficiente como para tomar aire y asegurarse de que su voz sonara convincente y segura. De sí misma. De todo–. Puede que seas el rey de esa selva en la que vives, pero no me obligarás ni me chantajearás para que haga algo que sé que sólo sería malo para mí, algo que no quiero hacer.

Pero se deshizo cuando él, rodeándola con el brazo por la cintura y susurrándole muy cerca al oído le dijo:

–Pero sí quieres hacerlo, mi dulce Lily. Y si tuviese tiempo, te lo demostraría ahora mismo.

Completamente ruborizada, Lily se apoyó en él porque le fallaban las piernas y todo su cuerpo se había debilitado por el vergonzoso deseo que él despertaba en ella sin esfuerzo. Fue consciente, mientras bajaban a recibir a los invitados, de que se batía en dos frentes.

Uno contra él. Y, lo que era más aterrador, otro consigo misma.

Capítulo 10

PAOLO se apoyó en el marco de la cristalera con una mano en el bolsillo del pantalón, con el cuello de la camisa desabrochado y los ojos velados por una envidiable franja de espesas pestañas.

Mirándola.

La delicada belleza de Lily atraía todas las miradas y el vestido que llevaba lo excitaba tanto que deseó que acabase pronto aquella aburrida fiesta para poder darse una ducha fría.

Se felicitó a sí mismo por cambiar de idea con respecto a la idea de volver a casarse. Pensó que había sido lo correcto mientras la seguía con los ojos, viendo como ella y la esposa de uno de sus más viejos amigos sorteaban a una pareja que bailaba al son de un equipo de música de última generación. Supuso que aquello había sido idea de su primo Orfeo, reprimiendo cierta irritación. Por suerte habían despejado el salón lo suficiente como para dar cabida a aquellos invitados que deseasen dedicarse a aquella inútil actividad.

Descartó tranquilamente a su primo, que tenía fama de haragán y donjuán, para retomar pensamientos más agradables.

Casarse con Lily era el paso más obvio: no lo trataba con estúpida y aburrida deferencia y no le importaba el dinero, como demostraba el hecho de que lo había rechazado mientras que otras mujeres habrían dado cualquier cosa por aceptar su oferta. Sería beneficioso en todos los aspectos, un paso totalmente lógico. Y a él le gustaba vivir con lógica y no hecho un lío sentimentalmente hablando.

Dejaría de sentirse culpable por hacer sufrir a su madre con su negativa a asentarse y proporcionarle un heredero, como había pasado sobre todo desde la muerte de Antonio. Tendría una esposa y compañera en la que confiar y a cambio Lily tendría una buena posición, su cariño y felicidad, y sus hijos.

El corazón se le ensanchó ante aquella perspectiva. Y deseó con sorpresa que su primer hijo fuese una niña de cuerpo menudo y delicado, con enormes ojos grises como los de Lily.

No estaba acostumbrado a imaginarse en compañía de sus hijos y aquella imagen le pareció sorprendente. Levantándose, decidió que le gustaba la idea. O al menos, se corrigió, le gustaba la idea siendo Lily la madre de esos niños.

Entrecerró los ojos. Su prima Renata se acercaba a Lily. Tan holgazana como el resto del clan, era la hija del hermano de su padre, un hombre de mano larga cuya pérdida nadie había lamentado. Codiciosa y malvada, se creía con derecho a vivir sin trabajar.

Sin dejar de mirarla, hizo un gesto con la boca. Lily no lo sabía, pero pronto dejaría de negarse a ser su esposa. Todo estaba funcionando a la perfección. La llegada de su tía, planeada y llevada a cabo con precisión, había preparado el terreno. Y la guinda del pastel había sido que ambas ancianas se habían caído bien y habían decidido irse a vivir juntas a Florencia: otro paso hacia el fin de la resistencia de Lily y la prueba, si es que la necesitaba, de que los dioses estaban de su lado.

Al día siguiente llevaría a Lily a su villa en las colinas de Amalfi. A solas con él, ella no lograría resistir su poder de persuasión. Sabía perfectamente cuándo atraía sexualmente a una mujer, y a Lily le pasaba, había leído sus señales. ¡Sus días de cerrarse en banda estaban contados! Y hasta el día de su muerte no dejaría que ella se arrepintiera de darle el «sí».

Había cumplido con sus obligaciones de anfitrión, saludando a todos y recibiendo felicitaciones por el compromiso. También había bailado ya con su madre y con Edith, así que en un segundo reclamaría a su Lily y se aseguraría de mencionar la visita a Amalfi frente a las dos ancianas, convencido de que ella no montaría una escena y se negaría a ir a ningún sitio con él. Sabía que ella ya se sentía mal ante la perspectiva de tener que decepcionar tarde o temprano a aquellas dos mujeres.

Jugaba con ventaja, pero eso le hacía sentirse incómodo. Si lo pensaba bien, no le gustaba jugar con su generosidad innata y manipularla. Pero a la larga sería lo mejor. Sería feliz con él y no le faltaría nada. Y él se aseguraría de que fuese así.

De pronto, frunció el ceño. Lily, alejándose de Renata con la tez pálida, se topó con su primo Orfeo, que la rodeó con los brazos a pesar de su resistencia e inició con ella una torpe parodia de foxtrot.

Plantó sus dedos regordetes en la piel cremosa de su espalda, deslizándolos por su columna y sumergiéndolos bajo la barrera de tela. Apretaba su cabeza grasienta contra la de ella y le susurraba algo al oído.

A Paolo le entró una rabia asesina. ¿Cómo se atrevía aquel grasiento asqueroso a manosear a su chica?

Se dirigió hacia ellos a grandes zancadas.

Ella odiaba cada segundo de aquella situación. Las felicitaciones, las miradas curiosas tras sonrisas aduladoras, toda aquella farsa en la que se había visto atrapada. Y, lo que era aún peor, las sonrisas radiantes de Fiora y de su tía, que charlaban en la mesa que ambas compartían.

Pero eso fue lo peor hasta que Renata se acercó a ella aferrada a una copa de vino con un atrevido vestido rojo de lentejuelas.

–¡Buen trabajo! –dijo–. Has enganchado al hombre más rico de Italia y seguramente de toda Europa. No durará, claro está, ¡pero piensa en la estupenda pensión que obtendrás en cuanto se aburra de vuestro matrimonio! –su risita sonó tan crispada como un vaso al romperse–. Paolo el rompecorazones. Su interés por las mujeres dura menos que un suspiro, y eso es un hecho, me temo. ¡No puede evitarlo! Se deshizo de su primera esposa pasados tan sólo unos meses. Murió de una sobredosis poco después de la ruptura. Algunos dicen que fue un suicidio –sacudió los hombros, como desvinculándose de aquella calumnia . ¡Por tu bien, espero que estés hecha de una madera más fuerte!

Negándose a dar respuesta a aquella maldad, Lily se giró, enferma por lo que le había dicho aquella mujer. Para colmo se encontró arrastrada al centro de la habitación por otro primo de Paolo.

Lo último que le apetecía era bailar. Quería escapar de aquel bullicio, de las preguntas intencionadas y las miradas especulativas, del olor penetrante de las flores que inundaban aquel lugar. Quería desconectar de todo y dejar de inquietarse por aquella horrible situación aunque fuese por un momento, hasta encontrar las fuerzas necesarias para contarles la verdad a su tía y a Fiora.

¡Y aquel condenado la estaba manoseando! Le disgustaban las groserías que le susurraba al oído y, cuando intentó apartarse, deslizó su mano gruesa y caliente hasta su cintura y la apretó contra él. El olor penetrante a loción de afeitado que desprendía le provocaba náuseas.

–¡Lárgate, Orfeo!

Lily jamás se había alegrado tanto de ver a Paolo. En un momento, se disipó toda su indignación con él por haberla metido en una situación tan poco envidiable.

Se sentía debilitada por el amor, por el deseo. Su mente, o lo que quedaba de ella, estaba sumida en tal caos que sentía como si le hubieran hervido el cerebro.

Deseaba fervientemente estar con él, aceptar su propuesta. Pero sabía que no podía. No debía.

Él le echó el brazo sobre los hombros, haciéndole temblar las rodillas, y, tratando de enderezar una decisión que se había vuelto vacilante, se tomó un tiempo para recordarse que, dado lo que sabía de él, y que parecía ser algo conocido por todos, casarse sería una locura que acabaría destrozándola.

Aun así, parecía que Paolo Venini quisiera despedazar a aquel joven miembro por miembro. La rabia le helaba la mirada. Alzando la vista hacia su rostro, Lily sintió que los ojos se le llenaban de lágrimas.

–No permitas que ese delincuente te estropee el día, *cara mía* –le dijo mientras el joven se alejaba recolocándose la corbata y encendido por la humillación–. ¡Si se vuelve a acercar a menos de cien kilómetros de ti, lo mato! ¡A él o a cualquiera que te falte al respeto!

Lily esbozó una tímida sonrisa. Casi podía creerle. ¿Pero aquello quería decir que estaba celoso? Él tenía sus defectos, pero ella no había contado entre ellos la actitud posesiva. Su comportamiento con las mujeres consistía al parecer en estar con ellas el tiempo en que durase su interés y luego dejarlas y olvidarlas, pasando a la siguiente. Y ése no era precisamente el comportamiento de un hombre posesivo.

Paolo dejó caer su brazo protector y lo curvó alrededor de su cintura.

–Ven conmigo, *bella mia*. Huiremos juntos –ya habría tiempo después para sentarla con Fiora y Edith y mencionar el viaje a Amalfi. Lily estaba muy tensa, necesitaba relajarse y su bienestar era prioritario para él–. Nadie nos echará de menos, y si lo hacen, entenderán que una pareja de prometidos necesita estar a solas y salir unos minutos.

Se encendió una luz de alarma, pero Lily la ignoró temerariamente mientras la conducía a través de las cristaleras. En cuanto se vieron envueltos por el aire suave y fresco de la noche, Lily se apoyó en su cuerpo fuerte y esbelto. Le hacía mucha falta.

Pensó que era lo que necesitaba, aliviada por dejar la fiesta atrás. Él la condujo por un sendero cubierto de hierba y el sonido de la música, las conversaciones y las risas se fue perdiendo en la distancia.

Aquella noche había sido una pesadilla. Sus sentimientos era un auténtico caos. Mientras él le presentaba a los invitados se sintió a punto de estallar, consciente de cada uno de sus movimientos. Y cuando la dejó sola se sintió desolada. Débil. Su necesidad de resistirse a él para protegerse se esfumó por completo.

Había llegado a tal estado de confusión emocional que estuvo a punto de buscarlo por la habitación para decirle que se casaría con él. En parte por el bien de Fiora y de su tía abuela, pero por encima de todo porque no soportaba la idea de no volver a verle. Y entonces había aparecido aquella mujer tan horrible a relatarle aquellas calumnias. Calumnias que tenían fundamento y que le recordaban que Paolo nunca la amaría y que sólo la utilizaba para tranquilizar su conciencia con respecto a su madre. No entendía cómo podía amar a un hombre como él. Pero, para su castigo, así era.

Se mordió con fuerza el labio inferior, enfadada consigo misma. Le dolía la cabeza. No quería pensar más, sólo desconectar y disfrutar de unos segundos de silencio y tranquilidad.

—Estás muy callada, Lily —su voz sonaba como una caricia que hacía estremecer su piel.

—He desconectado —confesó.

Ella notó que a él le divertía aquello.

—¡Lo entiendo perfectamente! —le encantaba estar cerca de él. Curiosamente, en aquel momento Lily se sentía a salvo. Él la había rescatado de aquel idiota y la había apartado de las miradas curiosas de sus amigos y familiares, que seguramente intentaban adivinar cómo una chica tan vulgar había enganchado a un hombre cuyo rechazo al matrimonio era ya legendario. ¿Pensarían, cómo había sugerido su prima, que era tan buena en la cama que él había decidido quedarse con ella? Se sintió sofocada sólo de pensarlo.

Lo único que quería era dejar de pensar en ello, esforzarse por vaciar su mente atribulada de todos aquellos enredos y disfrutar del silencio y la soledad.

Él caminaba a su paso, sin hablar, con el brazo alrededor de su cintura y, por suerte, sin sacar el tema de la boda, porque en aquel momento ella estaba segura de no poder soportarlo.

La mano que apoyaba en la curva de su cadera le hacía sentirse bien. El aire estaba cargado del aroma de las flores y las hierbas de la colina, la luna se reflejaba en los troncos plateados de los eucaliptos, inundando la noche de una magia que sólo podría romperse con una conversación.

Dispuesta a que nada se interpusiera entre ella y su necesidad de tranquilidad, no protestó, ni siquiera se planteó intentarlo cuando, al final de un sendero que ella desconocía, llegaron a un cenador cubierto de rosales en flor.

—Sentémonos un rato —llevándola hasta un banco

acolchado que recorría el muro, la sentó con cuidado y posó la mano en un lado de su cara, girándole la cabeza para poder verle los ojos en la tenue luz plateada–. No te he visto tomarte algo relajada en toda la noche. ¿Quieres que llame a la casa y pida que nos traigan champán?

Acurrucándose instintivamente en aquella mano, Lily sonrió, diciendo:

–¡Cuánto sibaritismo! Gracias, pero no. No necesito beber para relajarme –no añadió que estar con él allí, de esa manera, era ya lo suficientemente embriagador. Había estado discutiendo con él desde el día en que se conocieron y estaba cansada. Sólo por unos minutos, hasta que regresaran a la villa y volvieran a adoptar sus respectivas posiciones, quería sumergirse en aquel sentimiento de intimidad entre ambos.

Por alguna razón, su respuesta pareció gustarle a Paolo. Lo vio sonreír. ¿Cómo era posible? ¿Realmente podían alcanzar semejante sintonía? Se estremeció, asombrada.

–¿Tienes frío? –el tono de su voz sonó un poco ronco mientras le giraba la cara hacia él. La luna los cubría de un halo plateado, ensalzando el relieve de sus rasgos, todo planos y ángulos, pero él la miraba con dulzura, al menos, en lo que ella pudo ver antes de que agachara la cabeza para cerrarle con los labios ambos párpados y descender luego a posar un beso suave en la comisura de su boca.

Sin entender cómo había pasado, sólo que tenía que pasar, Lily abrió los labios buscando su boca. Adoraba sus besos, y recibir uno aquella noche no iba a ser malo, ¿no era así?

Él introdujo los dedos en su pelo y se hizo con sus labios en un beso que le hizo perder el sentido y la hizo sentir viva y desfallecida de deseo al mismo tiempo.

Se aferró a sus anchos hombros, presionando sus pezones contra la tela de su camisa, y notó que él se tensaba y que un escalofrío recorría su cuerpo mientras apartaba su boca de la de ella.

Lily soltó un pequeño maullido de frustración. Se sentía como una huérfana hambrienta, privada de calor y auxilio. Con avaricia, tiró de sus hombros, reclamando sus besos, y se sintió inundada de placer al ver que Paolo gemía y volvía a hacerse con sus labios, hundiendo la lengua en el interior de su boca.

De pronto, Lily no tuvo suficiente... ni de lejos.

Sintió que le ardía la pelvis y movió sus manos impacientes desde sus hombros a ambos lados de su cara, introduciéndolas después dentro de su chaqueta. Con dedos torpes, empezó a desabrocharle furiosamente los botones de la camisa, desesperada por tocar su piel y descubrir la calidez y la fuerza de su cuerpo.

Aquello no iba a quedarse en simples caricias. Lily lo sabía. Pero su respeto por sí misma y su moral cayeron derrotadas ante el atractivo erótico de Paolo, que separando su boca de la de ella, se quitó la chaqueta con un juramento apagado y la acercó a él, enterrando el rostro en sus cabellos mientras intentaba abrir el cierre de su vestido con manos temblorosas.

Lily pensó con ternura que él siempre tenía todo bajo control y que en ese momento lo estaba perdiendo. Sólo por aquella noche, sus deseos mandaban, así que levantó las manos para desabrocharse el vestido. Oyó como él tomaba aliento al ver que la seda del vestido se deslizaba y exponía sus pezones rosados a la vista de sus ojos llenos de deseo.

–¡Ah… *bella, bella*! ¡Cuánto te deseo! –dijo con voz ronca separándose lentamente de ella, abriendo espacio entre ellos–. Mi dulce azucena…

Un deseo efervescente y temerario hizo que ella le

rodease el cuello con los brazos, deslizándose hacia delante e interrumpiendo sus palabras con un beso.

Al primer respiro, Lily notó que él se relajaba. La tensión que se había apoderado de su cuerpo desapareció, y empezó a prodigarle los besos de un experto amante. Ella desabrochó con frustrada energía los botones de su camisa, separando la tela para posar las manos en los músculos de su pecho. Ardió de deseo cuando él la echó sobre los cojines e introdujo uno de sus pezones en su boca, recorriendo después el otro, lo que le hizo arquear la espalda. Una sensación ardiente recorrió su cuerpo de arriba abajo, y él emitió un gemido de apreciación cuando ella lo ayudó a quitarle el vestido con manos ansiosas.

Entonces Paolo se incorporó y se quitó la ropa apresuradamente. Se quedó en pie delante de ella y la luna iluminó la piel olivácea que cubría su magnífico cuerpo.

Dentro de ella se fue formando un nudo febril, y gimiendo temblorosa extendió los brazos hacia él. Mientras se acercaba, supo que la vida le había conducido a aquel momento único y sublime de intimidad con el hombre al que amaba. Aquel único momento, que permanecería en su memoria para siempre, guardado como un tesoro. Y quizá el recuerdo de ese momento también volvería a él, haciéndole sonreír un poco al mirar atrás y acordarse…

–Eres más de lo que habría soñado jamás –susurró Paolo con sinceridad mientras le ponía los zapatos cuando ya la luz del alba se posaba sobre las colinas de la Toscana. Le agarró las manos y se las acercó a los pies–. Entiende, *amata mia*, que ahora no hay razón por la que no debas casarte conmigo –inclinó la cabeza para besarla entre los ojos–. No he usado protección alguna. Podrías estar embarazada.

Al ver que ella se estremecía, frunció el ceño. ¿No encontraría desagradable la idea de tener un hijo suyo? No sería por eso, ¿verdad? ¡No después de aquel momento perfecto que habían compartido!

Usó la lógica y sonrió aliviado. El aire de la mañana era frío y ella tenía frío. Le echó su chaqueta por los hombros para protegerla y rodeó posesivamente su cintura mientras salían de nuevo al jardín.

Él no había querido que aquello sucediese, su pretensión había sido respetarla y esperar a la noche de bodas. Pero ¿cómo podía arrepentirse de un solo segundo transcurrido aquella noche?

Era un hombre de mucho mundo, algunos lo llamarían cínico incluso, pero nunca se le había pasado por la cabeza la estúpida idea de enamorarse. ¡Y había ocurrido! El corazón se le ensanchó tanto que pareció explotarle en el pecho y apretó su cintura hasta que ella ralentizó el paso y se detuvo.

Dio mio! ¿Cómo no se había dado cuenta antes? Se había ido enamorando de ella todo el tiempo, y su propuesta, sus manipulaciones, no tenían nada que ver con contentar a *Mamma*, sino con su propia felicidad. Y el primer indicio claro que se introdujo en su cabeza fueron los tremendos celos que había sentido al ver como Orfeo la manoseaba.

Sorprendido por la fuerza y la profundidad de sus sentimientos hacia Lily, por el generoso regalo de su virginidad, su voz se tornó ronca conforme la atraía hacia él.

–Pensaba llevarte unos días a la casa que tengo en Amalfi. Pero he aplazado ese plan hasta más adelante, hasta después de la boda –le dijo acercando la boca a sus cabellos–. Estaré ocupado todo el tiempo con los preparativos para asegurarme de que se celebra cuanto antes. De pronto posó las manos en sus hombros, alejándola de

él. Las reacciones suaves y enternecedoras de Lily se habían tornado rígidas. Él sintió un nudo en su interior. Por
primera vez en su vida, se sintió inseguro. ¡Y odiaba sentirse así!–. ¿No dices nada? –su voz sonó más dura de lo
que esperaba. También se odió por eso.

Lily se apartó con la respiración entrecortada. Su
mención de un posible embarazo la había dejado literalmente aturdida. Los genes italianos de Paolo no le
permitirían apartarse de su hijo, y en cuanto a dejar
que ella lo criase sola y conformarse con visitas ocasionales, en lo que a aquel macho italiano concernía
eso sería algo impensable.

Sintió que se encogía dentro de los pliegues de la
chaqueta y que tenía la boca petrificada cuando dijo:

–¿Y si no estoy embarazada?

Paolo sonrió, aliviado. ¿Aquélla era toda su preocupación? Cierto: a posteriori se daba cuenta de que su
primera propuesta de matrimonio no había sido muy ha-
lagadora, con todo aquello de contentar a *Mamma*
cuando, en realidad, con paciencia y el paso del tiempo,
podía haberse manejado con la decepción de su madre.

Pero Lily no lo sabía entonces. No sabía que él podía
hacer cualquier cosa que se propusiese. Y eso incluía
romper un compromiso que había empezado como una
mentira piadosa sin causar un daño excesivo a su madre.
Maldijo su antigua reputación, ya que podía ser que en
aquel momento ella estuviese sufriendo, convencida
de que, habiendo probado las delicias de su cuerpo, él
había perdido todo interés y sólo insistiría en casarse
en caso de embarazo.

–Eso no cambia nada –la tranquilizó–. ¡Nos casare-
mos! Y tomándola sin esfuerzo la llevó en brazos hasta
la villa. Más bien, como pensó Lily, aturdida, como un
guerrero que lleva a casa el botín de guerra.

También notó que él parecía encantado, con el pelo

negro revuelto, una sonrisa en su boca sensual y los ojos brillantes y vivos. Perdía el aliento cada vez que lo miraba. Y nunca olvidaría lo ocurrido aquella noche. Nunca se arrepentiría de haber conocido un éxtasis tan increíble.

Sus ojos se humedecieron al recordar su primera vez, la primera de muchas, cuando él había llegado hasta el límite, el límite de su pequeño grito de dolor, y se había detenido, retirándose cortésmente. Ella había arqueado la pelvis, latiendo de deseo, y le había rogado:

—¡No te pares! ¡Sigue!

Nunca se culparía a sí misma por haber admitido sin reparos su descarado comportamiento. Nunca. Había sido maravilloso. Lánguidamente, se preguntó si podría culparse por dar el siguiente paso.

Casarse con él sería romperse el corazón, porque lo inevitable ocurriría y él pasaría a otra cosa en cuanto se acabase la novedad. Buscaría los placeres de alguna tonta rubia, satisfecho al comprobar que la mujer con quien se había casado para contentar a su madre se conformaba con quedar en un segundo plano.

¿Era eso lo que había ocurrido en su primer matrimonio? ¿Su esposa había descubierto una infidelidad y lo había dejado? ¿Había preferido, como había sugerido Renata, morir de una sobredosis a enfrentarse a la vida como mujer desdeñada?

¿Se atrevía a correr ese riesgo?

¿Soportaría ver a su tía abuela y a Fiora decepcionadas si no lo hacía?

¿Podría soportar rechazar al hombre del que estaba perdidamente enamorada?

Capítulo 11

AL SALIR del brazo de Paolo de la iglesia del pueblo bajo la villa, Lily se sintió totalmente fuera de la realidad.

La ceremonia había transcurrido como en un sueño. Su magnífico vestido de seda marfil, la tiara de diamantes que Fiora había insistido que llevara, que era otra reliquia de la familia, el precioso ramo… todo parecía pertenecer a un cuento de hadas, más que a ella misma.

Y el hombre alto, guapo y atractivo que tenía a su lado… ¿llegaría a pertenecerle realmente alguna vez? Se negó ese pensamiento. Puede que no pareciese real, pero no era un sueño. Era el día de su boda y nada debía empañarlo.

Sonrió para la foto.

Su confusión respecto a atreverse a aceptar o no su propuesta había desaparecido por completo la mañana en que Paolo la había llevado en brazos a la villa después de la fiesta.

La tía abuela Edith la había estado esperando con cara de pocos amigos, el moño despeinado y el cuerpo en tensión, envuelta en el camisón que tenía desde hacía años.

–¿Se puede saber dónde habéis pasado la noche? –preguntó, con su tono estentóreo a máximo volumen–. Carla y yo insistimos en que Fiora se acostara hace horas, y eso que estaba muy preocupada. Desaparecisteis sin decir palabra. ¡Exijo una explicación! –dijo, como si fuesen niños traviesos en lugar de personas adultas y una de ella una leyenda en el mundo financiero.

Paolo había sonreído sin rastro de arrepentimiento, sin inmutarse ante la indignación de la anciana y había dicho con suavidad:

–Siento mucho haberos causado tanta molestia sin necesidad.

Lily se encogió de hombros. La tía Edith tenía la moral estricta de una solterona victoriana, ¡y qué otra explicación podría darse a la aparición de un hombre y una mujer deslizándose furtivamente al alba totalmente despeinados!

Carla, situada al lado de la anciana con una taza y un plato en la mano, había intentado suavizar la situación:

–No es algo por lo que preocuparse. ¿Qué hacen las jóvenes parejas de prometidos? Le dije que no se preocupara –pero sólo dio pie a otro bufido de disgusto.

Con la espalda rígida, Edith se giró, rechazó el té que se le ofrecía y se fue refunfuñando seguida de Carla.

Lily, preguntándose por qué su pariente no había dado rienda suelta a su moralina bramando un matrimonio anticipado, había empezado a reír contra el hombro de Paolo y en ese momento se había rendido a su destino, anunciando:

–¡Está hecho, tendremos que casarnos ya, o me considerará una perdida y me arruinará la vida!

Y entonces se dio cuenta, mientras él la apretaba contra su cuerpo y la besaba hasta hacerla sentir que la cabeza se le iba a despegar de los hombros, que lo que había dicho era tan buena excusa como cualquiera para permitir que su corazón mandara en su cabeza.

Durante las semanas siguientes, apenas había visto

a Paolo. Necesitaba atar cabos sueltos en sus negocios y había estado en su oficina en Florencia, o volando a reuniones en distintas capitales, o liado con los preparativos de la boda.

Lily había estado ocupada con interminables detalles: el extravagante diseñador elegido por Fiora la había estado pellizcando, pinchando y diciéndole que se pusiera recta, el organizador de la boda contratado por Paolo le había preguntado por las flores que quería, había estado discutiendo con su tía la venta de su casa y la mudanza, aliviada al ver que le había perdonado su mal comportamiento, y a pesar de todo había tenido tiempo para echarle terriblemente de menos.

También había descubierto, llevándose una decepción enorme y totalmente inesperada, que no estaba embarazada.

—Estás preciosa —le decía Paolo tomándola de las manos y acompañándola a la limusina que les llevaría a la villa para el banquete.

Sus ojos brillaban como el oro. Por fin era suya, para siempre, y la tarea de enseñarla a amarle como él la amaba acababa de empezar.

—Es el vestido —le confió Lily, sabiendo que lo decía sólo para halagarla porque vestida normalmente resultaba una mujer corriente, pero amándolo por intentar hacerla sentirse especial.

—Qué va —le dedicó tal mirada que una oleada de conciencia sexual la recorrió, trayéndole recuerdos de la noche que habían pasado juntos y haciendo que todo su cuerpo se estremeciera. Y cuando dijo con voz ronca: «Desnuda estás mucho más hermosa que con cualquier vestido», se ruborizó y se abalanzó sobre él.

No podía contenerse, y casi llegó a derrumbarse de sensualidad cuando él la besó con tal avidez que la hizo prometer en aquel instante que haría todo lo posible para asegurarse de que nunca se cansaría de ella.

Con las piernas temblonas por los besos que habían compartido de camino a la villa, Lily entró en el vestíbulo cargado de flores de la casa que iba a ser su hogar como si caminase por el aire. Puede que él no la amase y tenía que ser lo suficientemente madura como para aceptar que se había casado por conveniencia, pero de ella dependía desterrar ese pensamiento y convertirse en algo tan conveniente que él nunca pensara en dejarla.

La fiesta fue sencilla, y los miembros del equipo de seguridad se mantuvieron discretamente aparcados en la carretera de acceso. Otros patrullaron por los alrededores ante la mínima posibilidad de que los paparazis se hubiesen enterado de una ceremonia que se había celebrado en secreto y Lily, escuchando el brindis del padrino, decidió que nada podía estropear un día como aquél.

La tía Edith sonreía bajo el ala de su sombrero. Lily estaba encantada de que su amada pariente hubiese decidido irse a vivir con Fiora. La habría echado de menos y hubiese estado preocupada al ver que se quedaba sola. Y a Fiora se la veía rebosante de salud. El médico le había dado el visto bueno y no estaba cansada en absoluto por el ajetreo de la boda.

Deseando quedarse a solas con su recién estrenado marido, Lily casi no tocó la comida, pero bebió más champán de lo debido. Pensó, envuelta en una nube de color de rosa, que hasta los primos de Paolo parecían comportarse y que Renata, con un sencillo vestido de satén marrón, había decidido deliberadamente no eclipsar a la novia, porque era tan guapa que podría haberlo hecho fácilmente.

Cuando acabó la comida, Lily le dedicó a su marido

una radiante sonrisa, aguantando la risa porque parecía que él acababa de darse una ducha helada. Se levantó, apartando la mano que él había levantado para detenerla, y le dijo susurrando en alto:

–Tu madre y mi tía se están preparando para irse. Las acompañaré mientras tú te engargas... te encargas del resto –y se alejó flotando, asombrada de que por una vez era ella la que daba las órdenes y no al contrario.

–¡Estás achispada, niña! –la acusó Edith cuando Lily la ayudaba a entrar en el coche.

–Es un día especial –la defendió Fiora–, y sé de sobra que no es algo que hace habitualmente. Creo que un café solo le vendrá bien –aconsejó, y Carla, sentada delante junto al conductor, dio su opinión.

–Es por los nervios.

Lily, despidiéndose con la mano incluso hasta cuando el coche hubo desaparecido, estuvo de acuerdo.

Los nervios y la perspectiva de quedarse a solas con su impresionante marido le habían quitado las ganas de comer y, en cuanto levantaba la copa para beber, enseguida los camareros volvían a llenársela hasta el borde, razón por la que se sentía un poco tarumba.

Obligándose a caminar en línea recta, volvió a la villa dispuesta a comer y a beber litros de agua. Pero Renata la retuvo y se la llevó a la habitación vacía que había servido de salita de estar a Fiora durante su estancia.

Asombrada al verse secuestrada, Lily se hundió sin resistencia en el sofá que le indicó Renata, e intentaba buscar algo sensato que decir cuando la otra mujer se sentó a su lado y dijo:

–Todos están a punto de marcharse, pero tengo que enseñarte algo antes de irme.

Agarró su bolso de ante y Lily sonrió. Quizá la

prima de Paolo se sentía mal por lo que le había dicho la otra noche y estaba intentando reconciliarse con ella. Si era así, encontraría medio trabajo hecho, porque odiaba estar a malas con cualquier miembro de la familia de la que ya formaba parte.

–Magnífico… ¿qué es? –preguntó, y miró la fotografía que le ponía en las manos, intentando que no se notase que no entendía nada.

La foto de estudio mostraba a una mujer increíblemente bella. Un rostro perfecto, pelo largo y rubio y lo que Lily sólo pudo describir como unos ojos marrones realmente atractivos.

–Solange –informó Renata–. La primera esposa de Paolo. Era mi mejor amiga.

–Ah –Lily no supo qué decir. Le devolvió la foto, aguantándose las ganas de limpiarse los dedos en la tapicería del sofá para descontaminarse. Aquello no sólo era una chiquillada, sino además un insulto. Sabía que Paolo había estado casado y que no le gustaba hablar de ello, así que nunca le había preguntado cómo era su primera esposa. ¿Por qué se ponía dramática al descubrir que era encantadora?

–Era francesa. Se conocieron en París. Lo tenía todo: elegancia, cultura, la capacidad de ser el alma de todas las reuniones y una carrera prometedora, pero renunció a todo al casarse.

Lily se estremeció. No hacía frío precisamente, pero la mirada maliciosa de aquella mujer la aterrorizaba. La cabeza empezó a dolerle, pero no estaba dispuesta a traicionar su vulnerabilidad, así que dijo fríamente:

–Pues si era tu amiga, debes de echarla de menos. Lo siento. Pero el matrimonio fallido de mi esposo no tiene nada que ver conmigo.

Iba a dejar la habitación, pero Renata ronroneó:

–Claro que sí. Estoy intentando advertirte, hacerte un favor. Pensé que debías saber cómo era Solange. Si una mujer como ella no pudo mantener el interés de Paolo más de unos cuantos meses, ¿qué esperanza te queda a ti?

Lily se levantó torpemente. Sentía las piernas raras, como si no le perteneciesen, pero quería salir de allí, lejos de aquella mujer que intentaba lo imposible por envenenar su matrimonio antes de que empezara, valiéndose de dudas y temores que ella ya albergaba.

–¡Espera! Tienes que ver algo más –el corazón de Lily se tambaleó. Sus pies se negaban a dar ni un paso más. Un terrible sentimiento de tensión la dejó petrificada en el sitio mientras Renata se le acercaba desplegando una hoja de papel–. Un periódico inglés de hace una semana. Mira –Lily agarró la hoja con manos temblorosas. No quería mirarla, pero no podía evitarlo. Parecía como si su corazón fuese a detenerse. Sintió que todo el cuerpo se le cerraba al reconocer a Paolo saliendo de uno de los restaurantes más famosos y caros de Londres.

Iluminado por el flash de la cámara, aparecía rodeando con el brazo a una rubia que parecía intentar meterse en su costoso traje. El titular rezaba: *¿La última conquista del banquero millonario?*

Sintiéndose traicionada, Lily le tendió bruscamente el periódico a Renata y la oyó decir:

–Siempre le gustaron las rubias. Supongo que fueron a su hotel, o a un club y luego…

Lily salió y subió por la escalera de servicio para evitar a Paolo y a los invitados que se marchaban. Entró a su habitación, se dirigió directamente al baño y vomitó violentamente.

Cinco minutos más tarde, con la cara lívida, se encontraba totalmente sobria. Una semana antes de su boda y la fidelidad no significaba nada para él.

Por primera vez, Lily agradeció de corazón no estar esperando un hijo suyo.

No tendrían hijos. Su matrimonio no iba a ninguna parte. Pero no se recrearía en su sufrimiento. Era más dura que todo eso. Había aceptado casarse con él conociendo sus motivos, sabiendo perfectamente cuáles eran sus defectos. Se arrepentía de haber dejado que su amor por él la llevara a pensar que crecerían juntos, tendrían un matrimonio estable y feliz y formarían una familia. Aquélla era una lección aprendida a base de errores.

Cuando Paolo entró en la habitación quitándose la corbata, ella estaba sentada junto a la ventana. Sus ojos la deslumbraron y su sonrisa era tan demoledora que se preguntó con dolor si alguna vez lograría superar el efecto que tenía sobre ella. Deseó haber tenido tiempo para quitarse el vestido de novia. Pero al menos controlaba la situación. Por completo.

Paolo arrojó su chaqueta sobre el respaldo de una silla, torciendo la boca al preguntar:

–¿Te encuentras mejor? Me temo que el champán se te había subido a la cabeza –caminaba hacia ella. Más de metro ochenta de masculinidad peligrosamente bella. A ella se le secó la boca. Miró hacia otro lado. Tuvo que hacerlo–. ¿Te he dicho ya lo bonita que eres? Quiero hacerte el amor, pero acostarme con una mujer borracha es lo último que desearía hacer –esto último lo dijo con seriedad. Avergonzada, recordó como había arrastrado las palabras, levantándose vacilante de la mesa. De no saber lo que había hecho se estaría disculpando, prometiendo que nunca volvería a ocurrir, y no volvería a pasar.

Pero lo sabía.

Lily lo miró directamente a los ojos y los vio enfriarse mientras le decía:

–Ya tienes lo que querías. Un matrimonio de conveniencia. La tranquilidad de Fiora. Una esposa fácil que se mantendrá en segundo plano, al menos de ahora en adelante, pero que no se acostará contigo.

Capítulo 12

PAOLO la miró con salvaje repulsa.

–*Madonna diavola!* ¿De qué estás hablando?

–Ya lo has oído –Lily intentaba mantener el control como si se aferrase a un salvavidas en plena marejada. Él se puso pálido y unas arrugas de tensión se dibujaron en su boca. Parecía conmocionado.

Tragando con dificultad, ella se dijo a sí misma que no se rendiría a la necesidad de acercarse a él que le reclamaba cada parte de su cuerpo, a la necesidad de abrazarle, de alegar que se le habían cruzado de repente los cables y rogarle que olvidara lo que había dicho.

Se recordó estoicamente todo lo que había sabido:

–El matrimonio que tú querías se quedará donde debe estar. En papel. No compartiré la cama contigo.

Él levantó la cabeza y entrecerró los ojos, preguntando:

–¿Por qué?

Podía decirle la verdad, preguntarle qué había pasado entre él y Solange, preguntarle qué hacía con aquella rubia en Londres una semana antes y escuchar sus mentiras. O quizá él se lo contase todo y le recordase que no la amaba, que no creía en su matrimonio y que se consideraba libre de tener aventuras con quien quisiera.

Como ninguna de las dos opciones le resultaba atractiva, le dijo la primera mentira que se le ocurrió.

–Hice lo que querías, te saqué del hoyo que tú mismo te habías cavado. Y a cambio, y hasta que decidas pedir la anulación, estás en deuda conmigo. Viviré rodeada de lujos y tendré todo lo que quiera. Nada de levantarme al alba a cuidar de un montón de viejos. No volveré a pararme en los escaparates a ver una ropa que nunca podré permitirme. Nunca más...

–*Basta!* –le ordenó él con frialdad–. Pensé que eras distinta a las demás. Siento haberme equivocado.

Girando sobre sus talones, salió de la habitación con la cabeza alta.

Y con aquella acusación perforándole el corazón, Lily rompió a llorar.

–¿Y dónde está hoy mi hijo? –preguntó Fiora mientras servía café en una salita cuyas vistas sobre la ciudad se extendían hasta las azules collinas del horizonte.

–En Milán –contestó Lily, ligeramente vacilante, porque él le había dicho su itinerario como si le doliese perder saliva hablando con ella. Aliviada al ver que las manos no le temblaban al aceptar la taza, añadió–: Se quedará unos días.

Echándose hacia delante en su sillón de orejas y con la cabeza inclinada a un lado, Fiora dijo suavemente:

–Espero que Paolo no te esté desatendiendo.

–Por lo que dijo, pensé que os ibais de luna de miel a Amalfi –dijo Edith, encandilada–, y estoy segura de que me dijo que pretendía recoger su yate en Cannes para ofrecerte el crucero de tu vida.

–Así es la vida –respondió Lily, tan resuelta como pudo–. Negocios. Ya sabéis lo que es eso –le dedicó una sonrisa acartonada a su suegra. Como esposa de un importante banquero, entendería que los hombres así anteponían el trabajo a todo lo demás, pero todo lo que escuchó fue:

—Tengo que hablar con él. Tengo su número de móvil. Solange siempre se quejaba de que era adicto al trabajo.

El corazón de Lily se retorció dolorosamente. Era su oportunidad para saber algo sobre el primer matrimonio de Paolo. Tenía que aprovecharla.

—Fue muy triste lo que le pasó, ¿verdad? –preguntó.

La subida de adrenalina remitió cuando Fiora se limitó a comentar:

—Por supuesto. Nunca sabremos lo que ocurrió en ese matrimonio. Paolo nunca habla del tema y yo respeto demasiado sus deseos como para preguntarle. Pertenece al pasado. Ahora te tiene a ti y un futuro maravilloso por delante. Ahora… –cambió hábilmente de tema– ¿te quedarás a comer?

—Gracias, pero no –Lily miró su reloj–. Le pedí a Mario que me recogiese. Sólo he pasado a ver cómo estabais.

—¡Divinamente! –dijo Edith radiante–. ¡Todo marcha sobre ruedas! Fiora está intentando enseñarme italiano, con poco éxito. Y esta mañana supe que mi inmobiliaria ha recibido una oferta por la casa.

—En cuanto llegue el dinero me la llevaré de compras. Podrá protestar todo lo que quiera, pero nunca se es demasiado viejo para iniciarse en el diseño italiano –dijo Fiora, sirviendo más café–. Pensaba llevarla a vía Tornabuoni. Le he ofrecido dinero, pero tu querida tía es demasiado terca como para aceptarlo. Mañana visitaremos los jardines Boboli y, antes de que empieces a protestar, te diré que me lo tomaré con tranquilidad.

Y así pasó la última media hora de visita, sin más preguntas incómodas, sin menciones a una posible llamada de Fiora a su hijo para preguntarle por la luna de miel inexistente ni útiles revelaciones sobre las razones de la ruptura del primer matrimonio de Paolo.

Cuando el coche giró para introducirse en el camino de entrada, Lily dijo:

—Déjame aquí, Mario. Iré caminando hasta la villa.

Se sentía muy inquieta, sentimiento que ardía en su interior desde el día de la boda. Caminando deprisa para quemar parte de aquella energía acumulada que convertía en tormento quedarse sentada en una silla, deseó en vano no haber mentido a Paolo sobre las razones por las que rechazaba convertir su matrimonio en algo real.

Había mentido para salvar su orgullo, creyendo que era lo único de valor que le quedaba, odiando pensar en convertirse en una esposa celosa y darle pistas sobre sus sentimientos por él. No quería dejarle saber que era una idiota de talla mundial que se había enamorado de un hombre que admitía cínicamente que no sabía el significado de esa palabra y trataba a las mujeres como un objeto con tanto valor a largo plazo como un periódico del día anterior.

Por eso mintió. Y deseó no haberlo hecho.

Sin embargo, había tenido pocas oportunidades o no había podido reunir el valor suficiente como para decirle la verdad. Lo había visto en contadas ocasiones desde aquel día. Él se había mostrado educado, frío y distante. Procuraba que el tiempo que pasaran juntos fuese breve, cortando en seco cualquier esperanza que ella tuviera de entablar una conversación coherente, de conseguir hacerle quedarse el tiempo suficiente como para escucharla. Y el hacerlo no iba a hacer más viable su matrimonio, pero al menos él sabría que ella no era la cazafortunas que había fingido ser.

Al torcer en la última curva, sudando por el calor y

el ritmo de sus pasos, ralentizó la marcha, frunciendo el ceño. No sabía de quién era el deportivo rojo que había aparcado en la entrada, pero no estaba de humor para visitas.

Entrando en el inmenso vestíbulo se encontró con Ágata, que le recibió con cara preocupada.

–La *signorina* Renata está esperándola, *signora*. Está en el saloncito. Me ordenó que le trajese una botella del mejor Meursault del *signor* y la última vez que vi la botella estaba casi vacía.

Llena de rabia, Lily consiguió sonreír, si a eso se le podía llamar sonrisa, y darle las gracias al ama de llaves. Renata Venini era la última persona a la que quería ver. Y el saloncito era su habitación favorita, más pequeña y modesta que las demás habitaciones de la villa palaciega. Solía sentarse allí, encontrando cierta paz, rodeada por las flores que recogía y arreglaba para ocupar los días. Odiaba imaginar a aquella horrible mujer mancillando su sitio.

Tranquilizándose a sí misma, diciéndose que era injusto culpar al portador de malas noticias y que Renata sólo le había dicho la verdad, Lily abrió la puerta y atravesó el umbral.

–¡Llegaste por fin! –Renata estaba repantigada en una *chaise longue* y había una copa vacía y una botella en las últimas en una mesa a su lado–. Debo decir que me sorprendió saber que todavía seguías aquí.

–¿De veras? –Lily no pensaba ceder ni un milímetro hasta saber la razón por la que había venido. Esperaba, desesperadamente, que no viniese a traerle más pruebas de las conquistas de su primo.

Renata bostezó, examinando sus uñas pintadas de rojo, como buscando algún defecto, impasible ante la frialdad de Lily.

–Por supuesto. ¿Sabías –se inclinó hacia delante

para vaciar la botella de vino en su copa– que esta habitación era la favorita de Solange? Por las vistas a la fuente y los rosales.

¡Otra cosa más que le estropeaba! Rechinando los dientes para evitar decirle que se largara, Lily tuvo que obligarse literalmente a mantener la calma.

–¿Por qué has venido?

–Una visita amistosa. Como te he dicho, quería saber si seguías aquí, o si habías actuado con sensatez y habías vuelto al lugar del que viniste. ¿Y cómo está mi querido primo?

No había nada amistoso en el comportamiento de aquella mujer hacia Lily. Puede que le hubiese contado la verdad, pero lo había hecho con maldad y rencor.

–Está bien.

–¿Seguro? –gorjeó–. ¿Cómo lo sabes si nunca está aquí? No te sorprendas, no tengo espías entre el servicio, son demasiado leales a su amo como para contarme nada. Pero ¿sabías que uno de los jardineros iba a operarse de algo? –Lily, quedándose firme junto a la puerta, no dijo nada. El viejo Carlo Barzini se estaba recuperando de una operación de vesícula. Le había enviado fruta y jamón a su casa del pueblo, pero no estaba dispuesta a dar explicaciones a Renata, a quien en cualquier caso le importaba un bledo–. El ingenuo de su hijo, Beppe, creo que se llama, no entiende de lealtades –continuó Renata–. Dice que mi primo apenas aparece por aquí desde la boda –vació su vaso y se levantó con esfuerzo–. Ha vuelto a las andadas, dejando a su linda esposa encerrada en casa y haciendo dinerito para gastárselo en la rubia de turno.

–Creo que deberías marcharte –Lily estaba descompuesta, pero no pensaba dejar que se notase.

–No dudo que sea eso lo que quieres. Sin embargo, estoy demasiado cansada para conducir, así que buscaré una cama y me echaré un rato. Después de todo, esta casa pertenece a los Venini, y yo soy Venini de nacimiento, no de prestado –se encaminó con paso vacilante hacia la puerta, rozando a Lily al pasar–. Ah, y no olvides advertir al ama de llaves que seguramente me quedaré a cenar.

Desanimada ante aquella perspectiva, Lily cerró los ojos con fuerza para no echarse a llorar, tragándose su dolor. Girándose sobre sí misma, salió a toda velocidad de la casa. Renata había tocado su fibra sensible al decir aquello de la «linda esposa» encerrada en casa.

Se sentía prisionera. Si quería ir a alguna parte, Mario la llevaba. Si decidía dar un paseo por los alrededores, siempre había un jardinero cerca.

Ofuscada, se detuvo en el patio delantero. Tenía que huir aunque fuese por un instante, estar sola y pensar. Las cosas no podían seguir así.

¿Conseguiría retener a Paolo el tiempo suficiente como para pedirle que solicitara la anulación? ¿Y decirle que no quería nada de él disiparía el mal sabor de boca que dejaba haberle mentido sobre su deseo de disfrutar de su riqueza?

¿Afectaría la ruptura a Fiora y Edith? Acababa de ver lo bien que estaban la una con la otra y había conocido sus planes de hacer excursiones y salir de compras.

En cuanto a ella, lo que haría, cómo se las arreglaría de vuelta en Inglaterra… bueno, ya pensaría en algo.

El estrés le había tensado los músculos, le costaba respirar y las lágrimas le escocían en los ojos. Pero no iba a llorar. Todo era culpa suya y de nadie más. Sabía de sobra cómo era él, pero lo había ignorado. Él le había dicho que no la amaba, que su matrimonio sería «conveniente», ¡y eso también lo había ignorado!

Después de una noche maravillosa de sexo y al descubrir que lo amaba, ella había decidido que el matrimonio funcionaría y él se mantendría fiel. Pero se había equivocado.

A punto de explotar, decidió alejarse de aquella villa que para ella se había convertido en prisión, aunque la siguiese un ejército de empleados de Paolo. Y entonces se dio cuenta de que Renata se había dejado puestas las llaves del coche.

Sólo se tomó un segundo, para pensar que aquella mujer no iba a necesitar el coche hasta que se le pasaran los efectos del vino, antes de verse sentada en el asiento del conductor, arrancar el motor y salir a toda velocidad.

El Ferrari frenó en seco y Paolo salió del coche dirigiéndose rápidamente hacia la entrada de la villa. Todo parecía tranquilo bajo el sol de la tarde.

Cuando Fiora lo había llamado al móvil aquella mañana supo que algo iba mal. Ella nunca lo llamaba cuando estaba trabajando a no ser que fuese una emergencia. La última vez que lo había hecho había sido para rogarle que acudiese porque Antonio había sufrido un accidente.

Le había preguntado de modo superficial por qué Lily y él no estaban de luna de miel, tal y como habían planeado. Él había evitado decirle que no tenía sentido salir de luna de miel si la novia no quería tener nada que ver con el novio y la había entretenido con la esperanza de que le explicase las verdaderas razones de su llamada.

—Lily pasó a visitarnos esta mañana. Se acaba de ir. Pasa algo malo, y tú deberías olvidar que diriges un imperio financiero y hacer algo al respecto. Edith y yo hemos notado que está perdiendo peso. Tiene una mirada muy triste, ha dejado de sonreír como antes. No nos lo dijo, pero ambas estamos seguras de que no es feliz. Puede que seas un hombre poderoso, hijo mío, pero eres también un esposo que comete un grave error al dejar a su esposa sufrir sola.

Su rostro se endureció, colgó el teléfono, se disculpó y salió de la reunión que había estado presidiendo.

Un grave error. Desde su matrimonio con Solange se había asegurado de no equivocarse nunca, pero instintivamente sentía que esta vez lo había hecho. La pérdida de peso y los ojos tristes no casaban con el tipo de mujer que afirma haberse unido a un hombre únicamente por su dinero.

No estaba en las habitaciones que solía usar desde que la coaccionó por primera vez para que viniese.

La forma en que ella había destrozado su matrimonio antes de que éste arrancase le había afectado, había herido su orgullo y su corazón, un corazón que había aprendido por fin a amar. Así que había preferido marcharse a mostrarle lo vulnerable que se sentía.

Tenía que haberse quedado allí y averiguar qué era lo que había convertido a la dulce Lily en un monstruo avaricioso. Descubrir si le había dicho la verdad o si aquellas ridículas palabras ocultaban algo más. En lugar de eso, se había refugiado en el trabajo… su refugio habitual.

Nervioso, bajó las escaleras para reunir al servicio y preguntarles por su esposa. Entonces vio la botella vacía y el vaso solitario a través de la puerta del saloncito.

La sangre se le heló en las venas y luego empezó a hervirle. Lily rara vez bebía, y nunca en exceso. Pero el día de la boda se había achispado con el champán. Tensó el rostro. ¿Se habría aficionado a la bebida? ¿Por eso estaban allí aquel vaso y la botella vacía?

Con el rabillo del ojo captó un movimiento. La puerta principal seguía abierta, tal y como él la había dejado, y Beppe empujaba una carretilla por el patio delantero. No era la fuente de información más fiable, pero ya que los demás parecían haber desaparecido, era su única opción.

Dos minutos más tarde se encontraba al volante del Ferrari. Sí, Beppe había visto a la *signora,* Conducía un coche a toda velocidad. No, Mario no iba con ella.

El corazón de Paolo latía apresuradamente a pesar de la mano invisible que parecía estrujarlo. No tenía sentido ir a comprobar qué coche faltaba de los muchos aparcados en el antiguo establo. ¡Con aquella cantidad de vino no sería capaz ni de montar en un triciclo!

¡Cuando descubriese quién había sido el idiota que le había dejado las llaves, lo mataría!

No importaba que no supiese adónde se dirigía. La encontraría. Tenía que hacerlo.

Una terrible tensión se apoderó de él mientras tomaba las curvas a toda velocidad hasta llegar a una empinada cuesta que conducía a un mirador muy apreciado por los turistas de la zona. Salvando el desnivel, la vio inclinada sobre la barrera de seguridad. En ese mismo instante, reconoció el deportivo de su prima.

Salió del Ferrari y cubrió en dos segundos la distancia entre ellos. La agarró del brazo y la giró para mirarla de frente.

–*Madre di Dio!* ¿Qué crees que estás haciendo?

Sobresaltada, Lily se quedó muda por unos segundos contemplando atónita el rostro tenso y sombrío de Paolo. Había oído el frenazo de un coche, maldiciendo a quien fuese que venía allí a arruinarle la intimidad justo cuando empezaba a aclarar su mente.

Recobrando con esfuerzo la compostura, estrechó los ojos y le dijo:

–¡Y buenos días a ti también!

Él la miró con frialdad.

–No es momento para sarcasmos. ¡Con la cantidad de alcohol que llevas en la sangre podía haberte pasado cualquier cosa!

Lily se quedó lívida, mirándolo sin comprender nada, contemplando su rostro implacable y preguntándose qué tenía aquel hombre arrogante, intimidante e infiel para que ella lo amase tanto. Decidió tristemente que su sentido común necesitaba un bypass. Entonces recordó lo que le había dicho y respondió acaloradamente:

–No he estado bebiendo. ¿De dónde sacas esa conclusión?

Pontificando, liberó su brazo de un tirón y se frotó la zona en la que él había clavado los dedos.

–De un vaso y una botella vacía –respondió con gravedad. Expiró lo que parecía aire solidificado procedente de sus pulmones–. Cuando Beppe me dijo que habías salido en coche… –sus mejillas se tiñeron al admitirlo– me preocupé.

La suave boca de Lily se tensó al darse cuenta de lo que pasaba. Había entrado en la villa, visto la botella vacía y decidido que ella se había marchado a dar una vuelta en el coche medio borracha.

Irguiendo todo lo que pudo su insignificante altura, le aclaró:

–No fui yo la que se bebió eso, fue Renata. Estaba allí cuando volví de Florencia. Se ha echado en alguna cama a dormir la mona. Me llevé su coche porque necesitaba pensar, ¡sin guardias alrededor!

Paolo respondió aliviado:

–Renata y sus excesos, todo cuadra. ¿Qué hace aquí?

Lily estaba decidida a no contestarle a aquello en aquel momento, así que dijo débilmente:

–Tenemos que hablar del futuro. No podemos seguir así.

–Aquí no –lo que le había hecho regresar, batiendo todos los récords de velocidad, fue la necesidad de arreglar las cosas y dejar de esconder la cabeza y el corazón lastimado en el trabajo. Cerró el coche de su prima y guardó las llaves en el bolsillo. Ante las protestas de Lily, le explicó lacónicamente–: Ya vendrá alguien a recogerlo cuando ella esté sobria. Ahora mismo, no me fío de ti fuera de mi vista.

Su perfil era tan sombrío mientras conducía de vuelta a casa a la luz del crepúsculo, que Lily no se atrevió a sacar el tema de su matrimonio ni de la anulación. Aún se estaba mordiendo la lengua para evitar decir todo lo que se le agolpaba en la boca cuando él, colocando una mano firme en su espalda, la condujo hacia el gran vestíbulo iluminado, llamó a voces a Ágata y le dijo que se aplazaba la cena hasta nueva orden, que si aparecía la *signorina* Renata, les esperase en las dependencias del servicio y que no les interrumpiesen so pena de despido inmediato.

–¡Das miedo! –le condenó Lily mientras él la hacía pasar al saloncito y cerraba la puerta tras ellos.

–Sólo cuando alguien supera los límites de mi paciencia –respondió. Fruncía el ceño con fiereza, pero aquello no asustaba a Lily. Ya se había enfrentado a él en el pasado y podía hacerlo de nuevo.

Pero primero necesitaba un segundo para ordenar sus pensamientos. La frase concreta que contenía su necesidad de una rápida anulación y un anticipo para comprar un billete de vuelta a Inglaterra se le había borrado de la cabeza. Y aquello tenía que parecer un asunto de negocios, no un balbuceo.

Caminó hacia la ventana y miró hacia fuera. La fuente siempre se encendía por las noches y los rosales que rodeaban la pila de piedra estaban preciosos. Iba a echar de menos aquella casa tan maravillosa.

Y se apenaría por lo que ella y Paolo podrían haber disfrutado juntos.

–Ven aquí, Lily –formuló la orden con suavidad, haciéndola estremecerse. Ella se giró lentamente, de mala gana, porque había llegado el momento de enfrentarse a la sentencia de muerte de su matrimonio.

Pero ella siempre había sido valiente, ¿no?

Al verla tan entera, Paolo sintió que se desarmaba. Fiora tenía razón. Había perdido peso y parecía muy cansada. De algún modo, él lo había echado todo a perder. Genial. De él dependía llegar al fondo de aquel asunto. Quería acercarse a ella, tomarla de la mano y llevarla hasta el sofá en el que estaba sentado, pero sabía que no podía hacerlo. Estaba claro que ella no quería que la tocase.

–Bien –fue directo al grano, levantándose, pero sin acercarse a ella–. Te casaste conmigo y luego decidiste deliberadamente destruir nuestro matrimonio negándote a compartir la cama conmigo. Hay base de sobra para una anulación, pero ésta te supondría perder todos tus derechos, y alegaste que te casabas conmigo únicamente por llevar una vida llena de lujos –expuso con cínica precisión–. No tiene sentido.

Terriblemente agitada, Lily retorcía las manos, feliz de que él hubiese visto más allá de su estúpida mentira, pero sintiéndose idiota al mismo tiempo por habérsela dicho.

–Fue una mentira patética –admitió–, aunque es verdad que no quiero tu dinero, ya has hecho mucho por la organización…

–Entonces, ¿por qué dijiste aquello? –pregunto impaciente–. Alguna razón debías de tener, y eso que dices de lo que he hecho por Life Begins no responde a mi pregunta.

Arrugó el rostro consternada. No podía soportar aquello. Deseando acabar con la situación lo antes posible, le espetó:

–¡Es culpa mía! No tenía que haber accedido a casarme contigo sabiendo lo que sabía.

–¿Y qué sabías?

La voz de Paolo era gélida. Diciéndose a sí misma que no fuera tan pusilánime, Lily continuó:

–Esto va a sonar horrible y no creo que puedas controlarte –se detuvo a respirar y creyó oír como le rechinaban los dientes, así que siguió adelante rápidamente–. Te aburres de las mujeres con enorme facilidad. Incluso estando comprometido o casado con ellas. Y no puedes resistirte a las rubias. Yo lo sabía, pero al enamorarme de ti pensé que podría conseguir gustarte tanto como para mantenerte fiel a mí.

Dándose cuenta de que se había descubierto, Lily se quedó callada. Paolo la miraba como si no creyese lo que estaba oyendo y ella no lo culpaba, porque seguramente no querría oír lo que él denominaría como «estupideces sentimentales».

–¿Cómo?

Él se iba acercando lentamente a ella y, de no conocerlo, ella habría creído que él estaba alucinando. Pero los italianos no alucinan.

–Yo… esto… bueno… en realidad todo fue por un artículo de un periódico londinense. Aparecías en una foto saliendo con una rubia de un restaurante. ¡Una semana antes de nuestra boda!

Para horror suyo, los ojos se le llenaron de lágrimas. ¡Estaba quedando como una endeble!

–Repite eso, *mi amore* –dijo, agarrándole ambas manos.

Aturullada, Lily repitió:

–Una semana antes de nuestra boda –se preguntó si

él estaba intentando comprobar fechas para saber de qué rubia en particular se trataba y deseó que no la estuviese tocando porque aquello dificultaba mucho las cosas.

–No –tenía que decir las cosas con calma–, lo que has dicho de enamorarte de mí.

Ella se ruborizó avergonzada. ¡Qué hombre! ¡Regodeándose en su punto débil! ¡Ignorando lo que le había dicho sobre la rubia y como si su comportamiento fuese algo que ella no tenía derecho a mencionar!

Pero no intentaba escabullirse. No, porque aquellos ojos dorados le llegaban hasta el alma. Tragando con dificultad, ella hizo de tripas corazón.

–Seré la primera en admitir que fui una estúpida, pero me enamoré de ti. Fue como algo que creció en mí, y supe que, si nos casábamos, acabaría sintiéndome tan dolida que no iba a poder resistirlo.

Él le apretó las manos y la acercó aún más. Con voz alterada, le dijo:

–Nunca te haré daño, *cara*. ¡Te quiero demasiado!

–No tienes que decirlo –balbuceó Lily desconsoladamente. Y entonces decidió que estaba siendo muy tonta porque… ¿por qué le diría eso si no fuese en serio? A menos, claro está, que estuviese pensando en el efecto que una repentina ruptura tendría sobre su madre–. Tú no amas a nadie –le recordó, intentando ocultar la excitación que le provocaba el roce de su cuerpo.

–Cierto –él posaba los labios en su pelo–. Hasta que te conocí. Igual que te ocurrió a ti, fue algo que creció en mi interior –movió la boca hasta el lóbulo de su oreja–. Estaba enamorado de ti desde mucho antes de darme cuenta, porque era la primera vez que me pasaba.

A Lily se le ensanchó el corazón. Él descendió con los labios hasta su cuello, llevándola a ese punto en el que podía creer todo lo que le decía. Apartando la cabeza de la dulce tentación de sus labios, ella le dijo con voz agitada:

–¡Eso no es verdad! Ya estuviste prometido una vez. Debías de pensar que la amabas. Y luego te casaste. Debías de sentir algo por esa esposa a la que nunca has mencionado. ¿Y qué me dices de la rubia con la que estabas la otra noche?

–Ah –sonrió atribulado–. Tenemos que tratar temas serios antes de besar a mi esposa. Una lástima. ¡Me estaba divirtiendo por primera vez desde que me prohibiste entrar en tu cama!

Perdonándole, porque ella sentía lo mismo, le permitió llevarla a uno de los sofás y morder la comisura de sus labios, ya que notó que iba en serio.

–¿Y desde cuándo lees periódicos sensacionalistas? –silencio. A Lily le costó callar. Ya de por sí, Paolo no tenía muy buena opinión de sus primos. No quería darle razones para despreciarlos–. Dímelo Lily –preguntó cortésmente–. Alguien debe de habértelo enseñado. ¿Fue Renata? No puedo pensar en otra persona capaz de hacer semejante maldad –cuando ella asintió incómoda con la cabeza, él dijo con seriedad–: Me guarda rencor por lo que pasó con mi primera esposa. Ella fue la que me presentó a Solange. Era su mejor amiga y además pareja, aunque yo no lo llegué a saber hasta mucho más tarde. Estoy seguro de que Renata pensó que obtendría algo del dinero de la familia a través de Solange y todo se desvaneció cuando puse fin al matrimonio.

–¿Y por qué lo hiciste? –Lily se sentó muy recta. De pronto supo que podía creer en él. Se había mostrado muy elocuente sobre un tema que ni siquiera había querido comentar con su madre.

–Me equivoqué. Por segunda vez en mi vida –se oscurecieron sus ojos–. Créeme, es duro tener que admitirlo. La primera vez fue cuando me prometí a Maria. Yo tenía diecinueve años, y ella seis años más y una carrera de modelo que, supongo ahora mirando atrás, andaba en declive. Tenía mucho glamur y me sentí halagado. ¡Un gallito, si quieres llamarlo así! Mis padres no aprobaban el compromiso, pero creí que aquella mezcla de adulación y hormonas desatadas eran amor. Pronto descubrí que no lo eran y lo único que salió herido fue mi orgullo cuando la oí decirle a una amiga que tenía el futuro asegurado.

–¡Oh, Dios! –Lily abrió tanto los ojos que casi le llenaron la cara–. Pobrecito, debiste de quedar destrozado –le dijo, incapaz de imaginar a alguien queriendo casarse con él por dinero con todo lo que tenía que ofrecer.

–No te creas –sonrió, y luego volvió a ponerse serio–. Aunque me convertí en una persona muy precavida. Luego, años después, cuando me presentaron a Solange, había llegado a un punto en mi vida en que pensé que era el momento de sentar cabeza y fundar una familia. Hice una lista de pros y contras y los pros pesaron más.

–¡Qué eficiente!

Él elevó una ceja.

–Estaba siendo precavido, ¿recuerdas? Abreviando, ella me dijo que estaba locamente enamorada de mí, dijo que quería tener hijos conmigo y todo lo demás. Era guapa, con clase, lista. Adecuada. Nos casamos tras un corto noviazgo. Durante la luna de miel descubrí que era alcohólica y drogadicta, algo que había sabido ocultarme con enorme habilidad. Intenté que admitiera que necesitaba ayuda, pero cuando se lo mencionaba montaba un número, se marchaba indignada y normalmente acababa en alguna fiesta, volviendo al día siguiente casi incapaz de tenerse en pie y prometiendo que no volvería a pasar. Pero siempre pasaba. Al final perdí la paciencia y le dije que, si no buscaba ayuda, se despidiese de nuestro matrimonio. Para ser sinceros, en aquel momento yo ya había dejado de quererla. A veces pienso que debía de haberlo intentado con más fuerza. De haberla querido de verdad, la hubiese atado y la hubiese enviado a una clínica. Pero no la amaba.

Lily le tomó la mano, odiando verle culparse a sí mismo por algo que no había sido capaz de controlar. Él apretó su mano sobre la de ella y continuó:

–Decidió marcharse y se fue con Renata. Entonces supe que mantenían una relación desde hacía años. Me desentendí de ella. Estaba fuera de control y no tardó en fallecer de una sobredosis accidental.

Lily lo envolvió en sus brazos. Debió de pasarlo muy mal. No le extrañaba que le hubiese gritado antes. Seguramente creyó que se había echado a la bebida y que la historia volvía a repetirse.

–Estoy muy enamorada de ti –afirmó–. No bebo más que la típica copa en las reuniones sociales y no quiero tu dinero, y tú me eres fiel…

–¿No olvidas algo? –le inclinó la cabeza y le acarició ligeramente la boca con los labios–. ¿Y la identidad de la rubia con la que estuve cenando?

Volviendo de golpe a la realidad, Lily ladeó la cabeza. Él le había dicho que la amaba y ella lo creía, así que…

–¡Dime cómo se llama que la mato! –rió.

–Pues sería una pena. Es una agente de viajes excelente. Tenía una agenda muy apretada y planeaba disfrutar de una larga luna de miel con mi esposa, así que lo único que pude acordar con ella fue una cena. De negocios. Mis días de aventuras ocasionales e historias

vacuas con rubias tontas se han terminado. Ya se ter-
minaron hace tiempo. Y tampoco hubo tantas como las
que me adjudicó la prensa sensacionalista. Me he enamorado loca e irrevocablemente de una mujer de verdad, y en este momento lo que quiero es llevarla a la
cama y poner a funcionar este matrimonio. ¿Aceptas?

–No suena muy romántico, pero sí, acepto –le sonrió tiernamente, y él le respondió con una sonrisa traviesa.

–Puedo ser romántico. Luego –y la llevó al vestíbulo, donde Ágata esperaba sin saber qué hacer.

–¿Está por ahí Renata?

–*Sí, signor*. En la cocina. Ha comido, pero está empezando a... –buscó las palabras más convenientes– enfadarse un poco.

–Bien –le dio las llaves del coche–. Dale esto y pídele
a Mario que la lleve a su casa. Puede recoger su coche
mañana cuando esté sobria. Está aparcado en la cuneta
junto al mirador, a un par de kilómetros de aquí. Mario
sabe dónde es.

Le dedicó a Lily esa sonrisa que la hacía derretirse
y la tomó en brazos para llevarla escaleras arriba.

Luego, de hecho, él fue muy romántico. Tanto que
Lily pensó que nunca tendría nada de lo que quejarse
durante el resto de su vida. Y se prometió a sí misma
que él tampoco lo tendría.

Bianca™

**La peligrosa sonrisa de él hacía sospechar
que aún escondía una carta que pensaba utilizar…**

El millonario Alexander Kosta había viajado a la isla de Lefkis para llevar a cabo su venganza. Destrozaría la isla igual que ella había intentado destrozarlo a él…

Pero no contaba con conocer a una mujer tan bella como Ellie Mendoras, que se había refugiado en aquella isla para huir de un turbulento pasado… y ahora estaba dispuesta a luchar contra el poderoso empresario griego con todas sus fuerzas.

Lo que no sospechaba era que Alexander tenía un plan. La seduciría hasta que ella aceptara sus condiciones… y después compraría su cuerpo y su alma.

Comprada en cuerpo y alma

Susan Stephens

Acepte 2 de nuestras mejores novelas de amor GRATIS

¡Y reciba un regalo sorpresa!

Oferta especial de tiempo limitado

Rellene el cupón y envíelo a

Harlequin Reader Service®
3010 Walden Ave.
P.O. Box 1867
Buffalo, N.Y. 14240-1867

¡Sí! Por favor, envíenme 2 novelas de amor de Harlequin (1 Bianca® y 1 Deseo®) gratis, más el regalo sorpresa. Luego remítanme 4 novelas nuevas todos los meses, las cuales recibiré mucho antes de que aparezcan en librerías, y factúrenme al bajo precio de $3,24 cada una, más $0,25 por envío e impuesto de ventas, si corresponde*. Este es el precio total, y es un ahorro de casi el 20% sobre el precio de portada. !Una oferta excelente! Entiendo que el hecho de aceptar estos libros y el regalo no me obliga en forma alguna a la compra de libros adicionales. Y también que puedo devolver cualquier envío y cancelar en cualquier momento. Aún si decido no comprar ningún otro libro de Harlequin, los 2 libros gratis y el regalo sorpresa son míos para siempre.

416 LBN DU7N

Nombre y apellido	(Por favor, letra de molde)
Dirección	Apartamento No.
Ciudad	Estado	Zona postal

Esta oferta se limita a un pedido por hogar y no está disponible para los subscriptores actuales de Deseo® y Bianca®.
*Los términos y precios quedan sujetos a cambios sin aviso previo.
Impuestos de ventas aplican en N.Y.

SPN-03

©2003 Harlequin Enterprises Limited

Un sí para el millonario
Fiona Harper

Cuando una amiga la desafió a contestar que sí a cualquier pregunta, la precavida Fern Chambers no imaginaba que pasaría cuatro días con el guapísimo Josh Adams.

Josh era un temerario millonario acostumbrado a no quedarse demasiado tiempo en ningún lugar... y con ninguna mujer. Pero Fern empezaba a tentarlo a cambiar de costumbres.

Josh se dio cuenta de pronto de que quizá lo que buscaba fuera la bella Fern. Tal vez pudiera convencerla para que dijera que sí a una última pregunta, la más importante de toda su vida...

Primera cita, primer baile... y primer beso

Deseo™

Una noche para la eternidad
Robyn Grady

Sophie Gruebella estaba encantada con su vida de soltera... hasta que oyó a sus amigas hablar de los motivos por los que aún seguía soltera. ¿Qué mejor motivo para acabar en la cama con un hombre que era su completo opuesto en todo?

Cooper Smith era tan ambicioso como atractivo. Había planeado su vida detalladamente: una carrera brillante, un magnífico apartamento... La noche que pasó con la sexy Sophie fue increíble, pero ambos estaban de acuerdo en que no debía repetirse.

Tres meses después una prueba de embarazo le confirmó a Sophie que esperaba un bebé... ¡y Cooper quiso casarse con ella de inmediato!

Una noche apasionada... una amante embarazada